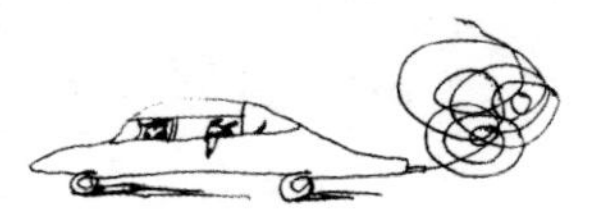

路也 著

水樱桃

山東文藝出版社

图书在版编目（CIP）数据

冰樱桃/路也著．—济南：山东文艺出版社，2004.2
（独角兽丛书）
ISBN 7-5329-2234-0

Ⅰ．冰…　Ⅱ．路…　Ⅲ．长篇小说-中国-当代
Ⅳ．I247.5

中国版本图书馆 CIP 数据核字（2003）第 081950 号

主管部门　山东出版集团
集团网址　www.sdpress.com.cn
出版发行　山东文艺出版社
电子邮箱　sdwy@sdpress.com.cn
地　　址　济南经九路胜利大街 39 号
印　　刷　山东新华印刷厂德州厂
版　　次　2004 年 2 月第 1 版
　　　　　2004 年 3 月第 2 次印刷
规　　格　开本/880×1230 毫米　1/32
　　　　　印张/7.75　插页/2　千字/125
印　　数　5001-8000
定　　价　17.20 元

DuJiaoShou

冰樱桃

1

0–1

DuJiaoShou

冰樱桃

1

2-3

1

这是一个陈词滥调和老生常谈的早晨。隔着草叶图案的布帘，晨曦看上去是淡蓝色的，一点一点地把北窗照亮了。楼下渐渐传来了走路和骑车的动静，把这个深秋的大清早敲出了声响。这时候远处的海一定在霞光里柔软地起伏着，海面和天空之间亮闪闪的，连成一片，似乎是回响着钢琴曲。

罗锦绣一睁开眼睛，意识里冒出来的第一念头就是“哦，我还活着”，她既不感到喜悦也不感到悲伤，只是觉得活下去是一种推卸不掉的责任和义务，甚至算得上是上天交付的使命，因为还没死，所以活着。

罗锦绣每天早晨起来，头不梳脸不洗就趴在书桌前奋笔疾书。她用那种多油的黑色碳素颜料笔在一张白纸上写“罗瑾秀”三个字，罗瑾秀罗瑾秀罗瑾秀，一口气写上五十遍罗瑾秀。晚上临睡前她还要照样写上五十遍罗瑾秀。

她已经这样坚持写了半年多，草纸积达一尺余，照这样写下去，著作不能等身，这种神经兮兮的写满名字的草稿纸倒可以等身了。她的好朋友宁双过一阵子就会跑来检查检查她到底写了没有，是否保质保量地完成了任务，她会再三嘱咐，“你可不许偷懒，否则就不灵验了！”宁双无条件地相信一切神秘不可测的事物，比如星座，比如血型，比如手相，比如属相，等等等等，这种人是不配搞自然科学的，也就只配去学学中文。

春天的时候，宁双硬拖着罗锦绣去找过一位懂周易和名字预测学的老先生。据那位老先生讲，名字跟人的面容一样，也是有相的。老先生把罗锦绣三个字拆开来看了看，认为这个名字的相就不算好，其笔画和结构里是不含桃花运的，如果改成同音异形的“罗瑾秀”，她就能遇上她想要的男人。既然改名字不好改了，那就坚持每天写一百遍“罗瑾秀”吧，写上整整一年，爱情就会自动找上门来。另外，在那位老先生的建议下，罗锦绣还找人刻了三个“罗瑾秀”的印章，一个是隶书的，一个是小篆的，还有一个是楷体的，就像诗里写的那样，“把名字刻入石头，想不朽”。罗锦绣每次写完罗瑾秀，都要拿起其中的一个章子，蘸上浓浓的红色印泥，在每一个黑色碳素笔手写字体的罗瑾秀上再加盖上一个红色印章的罗瑾秀，似乎这样就具有了法律效应，成了颠扑不破的真理。

这天早晨罗锦绣像往常一样做完了这一切，她望着那张白纸，觉得那上面好像是五十座郁郁葱葱的小山上分别升起了五十颗红太阳。

她想，如果坚持这样写上整整一年的话，那就是写上三万六千五百遍，一共写十万九千五百字，差不多相当于她正在写着的那篇关于“逆境种植”的博士毕业论文的字数了，粗略计算一下，恐怕要用去五六十只碳素颜料笔，用去十八盒印泥。

她还想，如果自己这样写上整整一年还不能见效的话，那她就干脆给自己改名，直接叫罗桃花算了。

罗锦绣打算早餐吃一小只盛在塑料盒里的顶着蔷薇花叶的纯鲜奶蛋糕，那是昨天晚上她为了给宁双过三十二岁生日买来的。在那蛋糕上，蔷薇的花和叶都是立体的，白地绿叶黄花，本来在那花瓣尖尖上还沾着一颗红红的樱桃，昨晚让宁双挑出来给吃掉了。宁双说自己正在减肥，害怕吃奶油，不过看着这颗樱桃倒是蛮漂亮的，于是就只把那颗樱桃捡起来塞到嘴里去了。她一边吃一边对罗锦绣说，不好意思，我也没谦让，就把宝贝私吞了。罗锦绣说，应该的，今天是你过生日。

两个人都觉得那颗樱桃是整个蛋糕的精华或灵魂。

在罗锦绣看来，没有哪种水果像樱桃这样有着有机玻璃般的质地，每一颗都静悄悄地反射着小小的光芒，那小小光芒是透明的、凉爽的，是易碎的，仿佛裹在了一层薄薄的冰里面。

其实罗锦绣在花旗蛋糕店里买蛋糕时，徘徊了好久，挑来挑去，最后也是冲着这颗樱桃才把这盒蛋糕买下来的。那颗樱桃在奶油上面真是好看，像洁净光滑的脸庞上长了一只小小的娇羞的红唇。那蛋糕虽小，价格却不菲，标价四十二元。那个店的玻璃橱柜里摆出来的蛋糕无论体积大小，除了这盒，其余的都没有这么个亮亮的小红点。罗锦绣等付了款才知道，那个店里的蛋糕可以根据顾客的具体要求现场制作，只要你要求在上面挑上个红樱桃，人家就会给你放上去，那樱桃只是装饰品，并不珍贵。

生日晚宴是罗锦绣亲自下厨去做的，非常丰盛，到了晚餐结束时，小蛋糕基本上还是没动，只是少了一颗樱桃，只有那颗樱桃跑到宁双的肚子里去了。这只少了樱桃的蛋糕在一夜之后就变成了罗锦绣的早餐。

罗锦绣吃了两口蛋糕，觉得很好吃，再吃上几口，却又觉得胃里疙疙瘩瘩的，不太想吃了。一大早起来空腹吃这么甜腻的东西肯定是不利于消化的，最后干脆抹抹嘴不吃了。想想蛋糕已经过夜了，再剩下来存放着，必定会坏掉的，既然迟早要扔掉，不如现在就扔了罢。于是就把蛋糕带着盒子用一张报纸裹起来扔到垃圾桶里去了。

就这样一只生日蛋糕基本上是只吃了上面那颗樱桃，就完成了它的历史使命，这等于是花四十二块钱只买来了一颗樱桃吧。现在是秋末冬初，并不是樱桃季节，那樱桃想必不会是鲜樱桃，估计不是果脯罐头类就是添加了防腐剂或用速冻保鲜技术才得以留存至今的，味道不会好到哪里去。罗锦绣忽然对那扔掉的蛋糕感到有点心疼，对自己这种舍本逐末的行为有点不理解了，这差不多相当于吃掉了宴席上菜盘子里的萝卜花而把糖醋里脊给倒掉了啊。

罗锦绣正准备出门去生物系试验室的时候，在这套两室一厅另一间里住着的历史系教师童金铃正睡眼惺忪地出来上厕所，罗锦绣感到自己的太阳穴发出冬冬的响声。

童金铃是一个以美女先驱自居的小资，她一出门或者一醒来就得化妆，否则就无法面对自己和别人，她是将整个世界当成了舞台，一睁开眼睛就要粉墨登场。童金铃总是固定地使用着同一种牌子的香水，名字似乎跟什么街道有点关系，据说那香水很名贵，由她美国的亲戚定时按期捎来，国内是很难买到的。那味道在罗锦绣闻起来，轻的时候是一股烂地瓜味，重的时候就成了敌敌畏味，罗锦绣认为自己常常害头疼并非与此毫无关系。另外据童金铃宣称，连她和丈夫用的避孕套也都是日本进口的，十元钱一只，他们从来不用国产货。罗锦绣听了不禁大为感慨，怪不得人家夫妻感情好，原来有这么高的成本呢。

此刻童金铃正穿着滑腻闪亮的丝绸睡衣穿过门厅，那睡衣的上好质地正好衬托出她瘦削的脸上和脖子上的起伏绵延的皱纹，让人想起中学地理课上讲过的褶皱山脉。

童金铃是从外地调到K大来的中年教师，跟远在宁波的丈夫两地分居着，因为住房紧张，学校就安排她暂时和罗锦绣这个学生公寓里盛不下而多出来的博士生在教职工宿舍区的这套单元房里合住在了一起。

童金铃伸了个柔媚的懒腰，很高贵地假咳了一声，笑着跟罗锦绣打招呼：这么早又要去实验室啦，你们理科生真是用功。

罗锦绣很有礼貌地笑了笑，那笑容里略微带出点自卑来，自卑是不由自主的。童金铃属于那种其实并没有多少才多少貌，却能够在人前摆出些威仪做出些风光来的女人。在这个精致的时尚的人物面前，罗锦绣明显感到自己正在被这个时代抛弃，她的用功显得不是优点而是缺点了，如果对方是一只名贵的波斯猫或德国腊肠犬，那自己就是一只行走在中国乡间泥泞小道上的土猫家狗。

教职工宿舍区和校园区仅隔一条不宽的马路。

两个区域的大门和传达室都是正对着的，教职工宿舍区这边的传达室里有个来自安徽农村的小伙子，来了半年多了，个头不高，看上去顶多二十岁的样子，他每次见罗锦绣走过来，就从窗子探出脑袋来，忽闪着一对大眼睛，格外热情地打招呼。有一次停水了，他自告奋勇提了两大桶水给罗锦绣送到六楼上去。

罗锦绣得知小伙子叫庞延宝，庞延宝告诉罗锦绣他还有三个哥哥，分别叫庞延招、庞延财、庞延进，爹妈是希望这四个儿子能够给他们招财进宝。

罗锦绣见庞延宝今天穿了一身保卫处的蓝制服，很威风地站在电动门旁边的圆形台子上。见罗锦绣远远地走过来了，他赶紧低下头去拉扯了一下衣服的下摆，整了整皮带，干咳着清了一下嗓子，接着又像什么也没有发生，抬起头来，姿势比刚才更加笔直地站立着。

罗锦绣走到他跟前时，他声音很洪亮地说：你早，有课啊？

罗锦绣微笑着说，你早，今天值班啊？

已经是十一月中旬了，澄澈的秋风从海面上刮过来了，越过了校园那边的小山，吹过杨树林，吹过枫树林，吹过石榴园，拂起人们的衣袖。罗锦锈觉得丝丝凉意从脚踝产生，沿着裤管上升，漫延至全身。她这才意识到自己还是光着脚丫子穿皮鞋呢，于是经过学校超市的时候，她顺便进去买了一双纯棉灰袜，当场脱下皮鞋来把那袜子穿到脚上去了。她每次都买同一型号同一款式同一颜色的纯棉袜子，这是为了两只袜子中有一只一时找不到时，情急之下可以从屋子里随便摸上一只别的袜子来配对。

罗锦绣走着走着，来到了桑柳河畔。她沿河而行。眼前的桑柳河，确切地说不过是一条叫桑柳的河留下来的长达两公里的河道或山涧沟壑，因为这条靠附近金鸡山上流下来的山水做水源的河流早在很多年以前就已经没有水了。K大校园就建在这条宽宽河道的两侧，靠两座大桥——一座石桥和一座铁桥——把学校连为一个整体。整条河道里面长满了高高矮矮的植物，有人工种植的也有野生的，蓊蓊郁郁。生物系的试验田就在这条纵深的河道里面，建在比较靠近石桥的下面。那里以篱笆为界线，规划出了一大片专门区域，站在高高的岸上望过去，可以看见分成好几片的各种模拟土壤里分别种着沙棘、薄皮木和杨柳什么的。罗锦绣和她的同学经常到那里去，像老农一样在那土地里劳动，挥汗如雨。现在那些植物在秋光里抑制了生长，显得有点落寞。

初来乍到的人大都望文生义，把桑柳河理解成两岸种满了桑树和柳树的河，或者理解成在没有了水的河道里栽满桑树和柳树。其实这都是误解。这所大学里的“司马迁们”编过一本详细的校志，据那上面记载，这条河原本是一条没有名字的野河，河水丰沛，相传在很多年很多年前——凡是以这样的时间状语开头叙述的事情便意味着是不可考的传说甚至带有莫须有的成分了——这片地带尚未开发，还属于远郊，有一个叫林桑柳的美丽的女孩子生活在这河边的小村里。桑柳是个孤儿，好心的街坊邻居把她带大，她以编织鱼网为生。十七岁那年春天，桑柳遇到了一个从城里出来春游的年轻英俊的姓郭的书生，两个人一见钟情，并在河边的林子里幽会，临别时郭生以诗词相赠，将诗词用毛笔写在一方洁白的丝帕上，作为信物交与桑柳保存，里面有“语已多，情未了，临行犹重道：不忘绿罗裙，来年结连理”的句子，桑柳不识字，但很聪明，郭生把诗给她念了一遍，她就背过了。郭生马上就要进京赶考了，两个人约好，等赶考回来，不管是金榜题名还是名落孙山，都要来接桑柳成婚。郭生走后不久，桑柳就发现自己有了身孕；她一天一天地数着日子，盼着郭生快快来接她，可是她的肚子已经隆起得老大了，郭生还没有来，这时候流言蜚语多起来，说什么难听话的都有；等到孩子快要临盆了，郭生还是没有来，桑柳决定挺着大肚子去京城寻找。桑柳到了京城正赶上皇帝女儿出嫁，嫁的正是新中状元郭生，原来皇帝见郭生才貌双全，又没有家室，就把女儿许配给他了，郭生即使心里想着桑柳，天子命令却不敢不从，找不到合适的推却理由，只好硬着头皮做了驸马。郭生戴着大红花骑着高头大马走来时，桑柳站在看热闹的人群里看到了心上人，她想自己这是最后一次见到他了，一定是最后一次了。桑柳回到家乡就带着腹中胎儿投河自尽了。又过了几年做了宰相的郭生终于有机会出访，再次来到他和桑柳相爱的河边，才知要找的人已去，郭生泪水纵横，沿着河岸大声呼喊着桑柳的名字，回去后竟抑郁成疾，不久便撒手人寰。打那以后，老百姓们为了纪念林桑柳和郭生，就管这条河叫桑柳河了。

用通俗的话来说，这不过是一个未婚先孕和殉情的民间故事。现在这条由于气候恶化和地理变迁而变得干涸的河穿过校园，它虽然已经没有了爱的涟漪和情的波光，但它缠绵的神韵却犹如两边宽阔蜿蜒的河道，得以长存。校园里的图书馆实验楼教学楼报告厅的理性科学精神似乎怎么也压不过这道横穿而过的河道和它的传说所带来的隐形的若有若无的影响，无论制定多少校规校纪，这座校园里的恋爱气氛永远都还是大于学术气氛，女生个个像桑柳男生个个像郭生，无论白天还是晚上都能看到一对对的男生女生在花前在树阴在桥下在楼后，搂搂抱抱卿卿我我，随时准备未婚先孕或者殉情的样子。据说有一个系的某女生无比思念家乡的男朋友，暑假将临，她归心似箭，以至于把定好的火车票往前签证一天，竟有意放弃了最后一天两门课的期末考试，赶着上路了；走之前跟两门课的任课老师打招呼说，你们就当我没考及格，等着我过完暑假之后参加学校里的统一补考吧。

桑柳河之于这所大学，有点像未名湖之于北大，已经具有了象征性和符号意味。桑柳河道决定着这座校园的风水永远是阴柔的和氤氲的，清风懒懒地翻着书页，心头淡淡地浮着闲愁。有人编了顺口溜来形容各大学之间的不同，把这所大学也评说进去了，记得其中一句是："苦清华，狂北大，要谈恋爱来K大。"

DuJiaoShou

冰樱桃

1

12-13

2

实验室里高高低低地摆满了盆盆罐罐瓶瓶碗碗，里面参差不齐地种着各种各样的植物样品。沙土的腥气和叶绿素的气息迎面而来，这是罗锦绣在这个世界上最熟悉的味道，闻起来算得上亲切，她甚至觉得她的身体如今也散发着这种气味了。

罗锦绣所研究的课题说白了就是种草种树，进一步说就是在不能种草种树的地方种草种树。她说不清楚自己为什么从一开始就毫不含糊地选择了这一课题，她几乎完全是凭着直觉做出这个选择的。她是一个梦想家，她梦想着有朝一日让地球上所有沙漠荒滩都变成绿洲，让地球除了海洋是蓝色的之外，其余部分全变成绿色，待地球上的荒漠改良完之后，再试着到月球上去种植。

罗锦绣先查看了沿海沙质海岸的固沙植物，给木麻黄固定了一下营养砖，又给一大块培养基上的单叶蔓荆以及它周围的毛鸭嘴草、肾打碗碗花，还有筛草、石沙参什么的浇了浇水。后来她又去查看高寒荒漠植物驼绒藜和阿加蒿，沙质沙漠化土地里的梭梭、甘草、红豆草和发菜，给一棵刚栽上不久的小胡杨测量了高度，做了记号，还把一大盆荒漠草场常绿植物绵毛优若藜搬到太阳底下去，让它在阳光照耀下发出银红色的光芒。最后她来到盐碱地植物群落，给土壤测定PH值和含盐量，并给一棵小柳树浇灌了硫酸亚铁溶液。

罗锦绣做完了这一切的时候，还没有一个同学来试验室。

她望着实验室里的所有花花草草，突然觉得它们是多么的苦命啊。它们要么生长在空气稀薄的寒冷的高原上，要么落脚于渺无人烟的戈壁滩，要么寄居在大风飞扬千里暴晒的沙漠上，要么苟且偷生在低洼贫瘠的盐碱滩涂。它们多么命苦啊，它们真像是从终生监禁的大牢里萌发出来的一点点活下去的愿望；它们几乎全都叶片窄小，有的长着茎刺和角质层，凡是能开花的，都是开小小的花，一点也不艳丽——那是生命里仅有的一丝安慰，像漫漫孤寂之中忍无可忍的爱情。真是奇怪，在这世界上有的植物生长在水草丰美的地方，莺歌燕舞地活过一生一世，有的植物生来却偏偏是为了受苦受难，得流放到遥远荒僻的地方去，简直跟十二月党人一样。

实验室墙上有一张世界地图，罗锦绣常常对着那张世界地图发呆，然后拿起铅笔来在每一处荒凉瘠薄的版图或区域轻轻地写上已有的植物名称以及可以尝试栽种的植物名称。

这次她又站在了这张地图前面。

当她的目光停留在非洲东海岸的肯尼亚时，她漫不经心地笑了。她拿起铅笔先是在那块版图上写上了“除虫菊”，紧接着又摇摇头，用橡皮擦了去，一不做二不休地写上了“狗尾巴草”，让肯尼亚长满狗尾巴草吧。

她脑海里立即浮现出一幅画面：一个体态方正的男人

骑在一头骆驼上，在这版图上缓缓而行，行进在一丛丛剑麻和咖啡之中，他的脸上带着有毒的笑意。忽然那些剑麻和咖啡全都变成了狗尾巴草，那个骑骆驼的男人陷在这狗尾巴草的汪洋之中，一望无际的狗尾巴草在风中嘲弄地摇来摆去，并且越长越高，高过头顶，戏谑地拂弄着这个男人。

想像的画面中那个骑在骆驼上的男人叫甘星河，每当罗锦绣填表格填到个人履历部分时，都要把他的名字写在“配偶”一栏里，也就是说甘星河是罗锦绣法律上的丈夫。

应该说，罗锦绣对甘星河还是有爱的，每次家里需要更换灯泡时，罗锦绣都是一边扶着摞在椅子上的板凳一边对正站在上面操作的丈夫千叮咛万嘱咐，要他加倍小心，她惟恐甘星河触电而死，让她成为寡妇。

甘星河的英语比汉语还要好，他在婚外有一个情人，想必那女人也是外语学院毕业的，所以他们的情书统统用英语来写，一丝不苟地手写或打印在那种办公用的严肃的信笺上。所以当罗锦绣第一次在汗牛充栋的地下室里、在旧书报和杂物围成的墙角旮旯里看见它们时，竟把它们当成了一些过期不用的外文资料。罗锦绣过了很久才发现那些可不是普通的外文资料，而是情书，那甚至不是一大堆没有生命的文字，而简直就是一座活火山。于是罗锦绣只要有空就偷偷地搬着一本《牛津英汉双解辞典》到地下室里去攻读那些情书，那是长达五年的情书，有来有往，从日期上看，那恋情几乎从罗锦绣和甘星河刚刚结婚那时候就开始了，一直持续了下来。原来这个叫甘星河的男人一边在家里抓革命，一边又到外面去促生产。

他们的信里还时不时地夹进一些分行的句子，罗锦绣知道那是诗，她吃力地将它们在心里翻译出来，像地下党破译密电码一样，有一首诗

她一边译一边就记住了：

我只愿永远坚定不移地
枕靠在爱人成熟的胸房上
感受着她那柔软的沉落、升起
我愿在甜蜜的躁动中苏醒着
永远聆听着，聆听她那温暖纤细的呼吸
就这样活着——或者在陶醉中死去。

她通过这首诗想像她的丈夫跟那个女人在一起时的情形，他们先是做爱，当做爱达到高潮时，两个人会用英语喊“My goodness！”“Oh，my！”事情完成之后，他们意犹未尽地挨在一起，耳鬓厮磨，男人把头贴到女人隆起的温软的胸脯上去，他沉醉地闭着眼睛，脸庞的淡棕色和粗糙与女人身体露出来的那一块雪白和娇嫩正好形成强烈对比，女人衫垂带褪，长发松散，脸上表情朦朦胧胧，两个人用英语说着绵绵情话，不时发出含混不清的呢喃。

“假洋鬼子！”

罗锦绣在心里气哼哼地骂道。

当罗锦绣窝在地下室里用半年的时间把那三百多封情书全部通读完毕，她感到自己的心像在冰箱的冷冻室里存放了千年，再也难以融化，与此同时她惊讶地发现自己的英语水平已经十分了得，于是干脆就趁热打铁地去报考了K大的生物学博士研究生——如今考博士说白了就是考外语，外语只要过了就万事大吉。

接到录取通知书那天，罗锦绣决定了一件事情。

她把那些情书从地下室里搬上来，打算把它们一页一页地都张贴到他们那三室一厅的房子里。

她踩着椅子从起居室贴到书房，从书房贴到客厅，从客厅贴到门厅，从门厅贴到凉台，从凉台贴到厨房，从厨房贴到盥洗室，一直贴到厕所里去，贴来贴去那些情书还是没有贴完，她又进一步计划用它们来糊天花板。

不到三岁的女儿圆圆问，妈妈你在做什么呀？

罗锦绣回答，我在给你爸爸布置洞房。

甘星河回到家里，看到家里铺天盖地的都是自己和情人的情书，不禁大惊失色，他朝罗锦绣咆哮：你这个疯子，我永远也不会原谅你！

罗锦绣提着一塑料桶胶水拿着刷子，站在桌子上，居高临下地、不温不火地说：说这话的应该是我。

甘星河一气之下决定远走高飞，正好那当下就有个合适的机会，他通过他所在的那个外事单位报名参加了外交部的一个考核，很快被借调到外交部并派往中国驻非洲肯尼亚大使馆工作三年，走之前他奉命到防疫站打了十二种传染病疫苗。

几乎同时，罗锦绣也收拾行囊，南下攻读博士学位。

当罗锦绣乘坐着列车离开东北老家时，她望着开阔的辽河平原，还有平原上的大豆高粱，脑子里响起的竟然是那首《九·一八》的旋律，她觉得自己是一个进步的青年学生，正怀着满腔悲愤和忧伤离开了伪满洲国。

罗锦绣本来是要和甘星河离婚的，但被她妈妈坚决制止住了。她妈妈认为不该这样草率地去把婚离掉，婚姻大事不可凭一时冲动来做出决定，老人家还气得犯了心绞疼，罗锦绣只好打退堂鼓。

罗锦绣的妈妈自己就饱受离异之苦，觉得有资格现身说法，最后她竟变得痛心疾首了：想当年我年轻气盛，和你爸爸离了婚，把你扔给你姥姥，我一个人跑出去考学；现在你也那么倔，又要离婚，把女儿扔给我来带，自己出去念书；兴许将来你女儿长大了也要离婚，把她的女儿留给你不管了，一个人跑出去。我们家这是怎么了，你这个搞生物的要研究研究这个问题，莫非是基因出了毛病！

罗锦绣的妈妈觉得自己已经为女儿操够了心。先前是催着女儿找男朋友，女儿迟迟不行动，眼看年龄一天天大起来了，她这个做母亲的开始心慌，只要有人肯帮忙介绍，只要是个公的，她就替女儿答应着“行啊，行啊”，后来是替女儿操办婚事，再后来是伺候月子，现在又要千方百计阻止女儿离婚，替女儿带孩子，维持女儿的家庭。她活了六十年了，不曾信过命，现在却被整得不得不迷信起来，她怀疑女儿的命相出了问题，她打听到离家二百里之外有一个算命高手，就带着女儿的生辰八字坐上长途汽车前去拜访。罗锦绣的命算来算去，各方面都还是蛮不错的，最后算命先生说了一句“六十六岁重服”，意思是说罗锦绣在六十六岁上穿孝服，死父母。罗锦绣的妈妈推算了一下，女儿六十六岁的时候，自己才能死，也就是说自己要活到九十四岁。想到自己要不得不为女儿操心操到九十四岁，禁不住大为悲恸。她在返家的长途汽车上为自己的不幸哭了整整一路，为女儿当牛做马没完没了了，要到九十四岁才能算完。

罗锦绣听说了以后，高兴地拍着手说，好啊，妈妈，你这么高寿。

罗锦绣觉得自己对妈妈欠得已经够多了，如果再违背她的意见，执意把婚离掉，那就等于把她打入了地狱，未免也太不孝了。丈夫离掉了，还可以再找，天底下男人多的是，可是妈妈只有一个，一旦气死了，就再也没有了。

现在那个仍旧被称做自己丈夫的人远在肯尼亚，在西半球，在印度洋沿岸，在赤道穿过的地方，在乞力马扎罗山下。

丈夫这种东西，如果不能用了，又轻易废弃不掉，那么处理或解决的办法之一就是把他派到非洲去。

实验室墙上的表指到了八点，老师和同学陆陆续续地来到了。

K大生物系招收的这一级博士生里面，女生只有两个，除了罗锦绣，还有一个叫孔蝶的。孔蝶原本就是这个学校生物系转基因研究所的工作人员，现在是在职读着学位。孔蝶一进实验室就冲着几个男生先是咋咋呼呼，然后哼哼叽叽，后来又嗯嗯嘤嘤的了，那声调不仅能引起男生们的心理反应，估计还能引起生理反应。孔蝶管罗锦绣叫师姐叫得很亲很甜，让罗锦绣不得不有了我见犹怜的感觉。孔蝶现在刚好二十九周岁，未婚，从头到脚一副初中生的打扮：粉红色条绒背带裤，碧绿的喇叭袖毛衣，发型是在耳朵两旁一边梳一个小刷子，对称地翘翘着，脖子上用根嫩黄的线拴挂着一根粗大的原木圆珠笔，笔的顶端是一个黑白相间的小猫头，加上她走起路来跟小孩一样摇摇晃晃的，让人想起电视里正在热播的动画片《天线宝宝》中的那个丁丁。

这次大家聚在一起讨论的是植物授粉的问题。实验室里的植物样品

根据不同地理条件和生长环境，有些适宜风媒授粉，有些可以用昆虫授粉，为了增加繁殖率和杂交出更优良的品种，有的植物可以考虑人工授粉。

罗锦绣坐在那里开始走神。

那些植物开出的小小的花儿其实就是植物的生殖器官，于是她看到在这个实验室里有一个又一个生殖器，成千上万个生殖器，粉嫩的，绛紫的，宝石蓝的，鹅黄的，还有水红的。它们头脑简单，不懂得维护童贞，裸露着身体最隐秘、最柔弱、最敏感、最羞涩的部分；它们渴望着蜜月，但同时又对自己的这种欲望并不十分知晓，那张开来的样子仿佛在用很轻很轻的淫逸之声说：快来爱我吧，我是一朵花儿，快来爱我吧，我正在开放。

罗锦绣想，如今，我在给这些植物的花们授粉，可是谁来给我授粉呢，我能接受谁的花粉呢，谁能把他那雄蕊上的花粉传到我这雌蕊的柱头上来呢？

3

罗锦绣收到一个小型的邮政包裹专用纸箱，是从大西北寄来的，里面放着一个又一个信封，信封里分门别类地装着这样那样的植物种子。

已经连续三个年头了，在没有任何约定和许诺的情况下，每年深秋她都会如期收到这样一个籽实累累的包裹。

给她寄包裹的人是一个叫赵良蛙的地质工作者。

那年初秋，罗锦绣博士研究生刚刚入学就有机会跟随上一级同学去西部采集植物种子了。火车日以继夜地向西行驶，她拿着地图，趴在列车窗口上望着茫茫大地，脑子里考虑着正在掠过眼前的地形气候和植被。到达了西部，她和同学们每天天刚亮就外出采集，直到太阳偏西才返回住所。

有一次为了采集到白花假龙胆的种子，罗锦绣一个人固执地往远处走，越走越远，终于一个同学的身影也看不见了。那是在青海省海北州的野外，她迷路了，辨不清方向，不知该朝哪里走，才能回到同学们身边。起初她并不多么害怕，只是跑到地势高爽的地方朝着四周大声呼喊，可是在一望无边的茫茫野地里，她的声音很快就被风吞没了。她四下里乱走了一气，后来发现自己不过是在原地打转。终于她吓得哭起来，恐惧一点点袭上心头，并变得巨大起来。她想这下子可完了，在这广漠的荒原，前不着村后不着店，就是不遇上强盗歹人和野兽，那也是活不成的，她会活活地饿死或冻死在这里；同学们会分头去找啊找，要是最终还是找不到

她,那就只好回学校报告说罗锦绣失踪了,很多日子过去以后,还是没有她的音讯,大家就只好认为她死了,以身殉职了,学校里也许会为她举行一个没有遗体的追悼会,或者还要把她的事迹夸大以后登到报纸上去,让她一度成为青年学者学习的榜样;许多年过去以后,或许这片土地上发现了石油或有色金属,一支专业开采队要来安营扎寨,经过这片亿万年的荒野时,走着走着,在一个背风的坡地上突然发现了一小堆白骨,他们会不会想到,这堆白骨曾经是一位年轻女性,是一位研究逆境种植梦想着让陆地全都变成绿色的女博士呢,她婚姻不幸,她满腔热情,她的生活里充满了悲哀的喜剧?

但是罗锦绣没有像她想像的那样真的死在大西北荒野,变成一小堆白骨。太阳开始偏西了,几乎是在她万念俱灰的时候,她看见一只土绿色的大甲壳虫从遥远的地平线那边朝她这边爬过来,它爬行的速度很快,罗锦绣看清楚了那是一辆吉普车。她像鲁滨逊忽然发现了茫茫海面上的船只那样惊喜万分,她朝着那辆吉普车使劲挥手,又喊又跳,终于车子明白了什么,朝着她加速地开过来。

就这样罗锦绣遇上了赵良蛙。赵良蛙几乎可以说就是罗锦绣的救命恩人了,他用吉普车把她送回了同学们在县城的驻地。

罗锦绣回到东部沿海的学校大约一个半月以后,有一天忽然收到了一个小型邮政包裹专用纸箱,里面就是这样满满地盛着她想要的各种各样的西部植物的种子。包裹里没有信，只有一张小纸条，上面只写了一句话：但愿它们能发芽。

罗锦绣第二年深秋又收到了这样一个装满种子的邮包，里面仍旧没有信，还是只有纸条一张，纸条上只有一句话，这次写的是：但愿它们能开花。

这是第三个深秋了，装满种子的邮包如期寄到，罗锦绣这次一边在箱子里寻找纸条，一边想，那纸条上写的一定是：但愿它们能结果。

可是她找来找去，片言只语也没有找到，禁不住有点惆怅起来。

最后在她已经认为不可能有什么的时候，竟在箱子最下面发现了一张照片。

照片有七寸大小，是夏季的草原，一望无边，上面没有人，只有风景。

这张风景照的画面语言在罗锦绣理解起来就是：你看，我给你寄去这一小箱植物种子就等于寄去了这样一大片草原啊。

那个长年在野外漂泊的人，那个被高原的太阳晒得黝黑闪亮被西北的风沙磨砺得棱角分明的人，他没有出现在照片上。

罗锦绣记得两年前，那个秋日黄昏，夕阳像流苏一样缀在西天上，他们坐在吉普车里，从一个光秃秃的山坳缓缓地向外面驶出去，那似乎是一辆无人驾驶的汽车，无声无息地走着，车里的那个男人和那个女人很少说话，他们刚刚相识，彼此陌生。那个男人手握方向盘，目光平视前方，有时候低头看看右腕上的手表，那是一只表盘呈长方形的蓝色手表，宽宽的银色链子箍在一只男性十足的手腕上。那个女人问，几点了？男人答非所问地说，还不算晚。车子不久就进入旷野，开始加速，草原尽情地铺展开去，偶尔有不高的白颜色小花摇曳在视线里，又很快消失，“格桑花！是格桑花！”女人惊讶地喊出声来，她把眼前看到的植物的外部特征跟书本上的描述做了对应，认出了它们。那个男人侧过头去笑了笑，承认

了女人的判断。吉普车奔波了一个多小时，终于驶上了窄窄的柏油路，落日变得越来越惨淡了，后来暮色降临，远处出现点点灯光，那像是这个星球上最后一座小城的灯光……

这就是全部——关于那个叫赵良蛙的男人的全部，也可以说，一个叫赵良蛙的男人和一个叫罗锦绣的女人之间的全部。当然，如果说全部，或者还应该加上三个邮包的植物种子。

别的女人有男人送珠宝送香车送豪宅送玫瑰花，而她罗锦绣有男人送植物种子。

这礼物真是特别，一粒一粒的，无论黑的、灰的、白的、红的还是有花纹的，全都亮亮的，纯真无比，这就相当于有男人赠送了有生命的珍珠玛瑙钻石吧。

这些颗粒的内部是漆黑的、是蒙昧的，包裹着一棵草或一株灌木的原始动力，它们还可以看成是一个个超微型的炸弹，会在适宜的环境下引爆，喷射出绿色的焰火。

罗锦绣抱着那个盛满种子的邮包走在校园里，在这晚秋时节，她却嗅到了春天里初发的嫩嫩的青青的草香，这草香熏染了她的衣裳、肌肤和头发，还有周围的空气，以至整个的天空。

罗锦绣突然想起“情种”这个词。中国语言多么有意思呀，当说一个人多情时，就把他或者她说成是一颗“爱情的种子”。现在她觉得装在邮包里的每一粒种子都是情种，成千上万粒情种。

4

罗锦绣在回宿舍的路上遇到了童金铃，她正急匆匆地赶去买菜。她很不好意思地对罗锦绣说：我老公来了，刚到，是出差路过，你看我也没办法，我们已经两个月没见面了，我知道你出去住也不方便，真难为你了，其实你就是不出去也行，本来嘛你住在自己的屋子里，天经地义的，也没侵犯我们什么，不过，我们，我们真的是怕妨碍了你……

罗锦绣马上打断了童金铃那番冗长的解说或申请，很干脆地说，我晚上还是出去住吧。

童金铃马上喜出望外，竟像少女一样娇羞地笑了，拥抱了罗锦绣一下，轻快地跑开，跑远了又回转过身来，朝罗锦绣送上一个飞吻。

罗锦绣闻到童金铃身上的香水味比往常更加浓烈了，也许会吸引不知内情的蜜蜂前来采蜜。她沿着童金铃走过的路线往宿舍走，一路都能闻见那种固定牌子的香水的粉腻的气味，直到她爬上宿舍楼六楼楼梯拐弯处，那空气中还能闻见那种属于童金铃的特有味道，一闻就知道童金铃曾经来过这里。罗锦绣想，要是这个女人作了案，仅凭气味就可以破案，而且连猎狗都不需要。

童金铃经常向罗锦绣以表面埋怨实则炫耀的口气谈论到丈夫长期不在她的身边，于是不断有异性打她的主意，昨天是谁今天是谁明天是谁后天又是谁，还有谁和谁为了争她而相互吃醋了；罗锦绣发现她所讲的这些异性各个年龄段的都有，从二十几岁一直到八十几岁一网打尽，横跨半个多世纪，当然啦占绝大比例的追求者还是文化圈里的老头子。大概男人一上年纪身体各种感觉——包括听觉视觉嗅觉触觉味觉心灵感觉——均变得迟钝了，只有像童金铃这样浓妆艳抹的涂满化学制剂的女人才能激起他们的生理反应。可是被一百个老头子哪怕是著名的老头子爱上又能怎样，能抬高自己的价值吗？每当童金铃又向罗锦绣汇报又有哪个新的男人对她想入非非了，看她的眼神又不对了或者摸她的手了，罗锦绣就禁不住恶作剧地想像着，也许这个叫童金铃的女人私下里准备了一个小本子，每当有一个异性对她有点意思，或者她自以为人家对她有意思，她就赶紧在那小本子上划上一道杠杠，做为记录，那上面一定像民主统计选票一样写满了“正”字了——罗锦绣进一步恶作剧地想，为了在这方面超过这个叫童金铃的女人，自己打算将一切和自己有接触的男人——只要是打过电话的或者借过书的——统统算上，记载到追求自己的队伍里去，列到账本上，那数目想必会相当可观。

童金铃曾经从床底下拖出三只带锁的箱子来，告诉罗锦绣那里面存放的全是异性写给她的情书，她一直妥善保管着——罗锦绣知道她保存这些玩意儿只是为了有朝一日可以拿出来作为她曾经很有魅力的实物证明，以便让后代子孙瞻仰。里面不知是否有那么几封是与她交往甚密的一个在省委工作的某副厅级中年男作家——笔名叫长江的人——写的，这个副厅级作家长江声称一定要进入文学史，如果他的这个野心得逞了，童金铃这里或许有他亲笔写的情书，忽然有一天被挖掘出来，岂不弥补了文学史上的一段空白？童金铃把这些情书箱子展览给罗锦绣看时，那神情很像是在宣传她著作等身。罗锦绣建议哪天把这些情书和童金铃的写真艺术照片一起交出版社出书，书名叫《童金铃和她的情人们》，然后那些写情书的男人们会向法院起诉此书侵权，于是再打官司，那么这本书非被抢购一空不可。童金铃听了这些话耸了耸双肩，发出一声很洋气的“嗯哼”，真的非常非常洋气。据说童金铃的情书并没有随着年龄的增长而有丝毫减少，她正准备启用第四只箱子。她的老公一来探亲，她就会瞅个时机把情书箱子拎到罗锦绣这边的屋子里来寄存，并叮嘱罗锦绣严守机密。罗锦绣认为童金铃的爱情业务倘若这样迅猛发展下去，情书占的空间将越来越大，这套两室一厅总有一天会成为一个情书档案馆，童金铃任馆长，罗锦绣任馆员。

童金铃和老公总是久别胜新婚，整整一套房子，包括公共的门厅厨房和厕所都洋溢着浓郁的性的气息。那是一种正在凋零的天竺葵的气息。尤其是晚上他们能制造出很大的动静，使得整套钢筋水泥混凝土构造的房子都仿佛处于亢奋和风雨飘摇之中。一方面声音制造者会由于隔墙有耳而不能完全放松和尽兴，必定感到遗憾，另一方面墙那边独居的芳邻同时也会受到这原始声音的刺激，使得夜晚变得漫长和难熬。既然这样住在一套房子里对谁都不利，那么双方都还是希望其中有一方能够暂时回避一下的好，于是罗锦绣就扮演了这个回避者，童金铃的老公一来，她就要责无旁贷地住到好朋友宁双那里去了。

同样是和丈夫分居两地的女人，瞧人家童金铃活得多么多姿多彩呀，既有自己的丈夫宠着，又有丈夫以外的无数男人仰慕着追求着，简直就是十全大补了。而自己呢，罗锦绣自嘲地想到了自己：我活得多么高尚，对性不感兴趣，只热衷于实验室，满脑子都是做诱导培养基、分化培养基、继代培养基、壮苗培养基——3%蔗糖，0.8%琼脂，PH5.8，在137.3kg压力下灭菌，培养温度(25±2)℃，光照度1000—1200lx，每日光照10h或在暗中培养，等等等等。

如果童金铃是大众情人，那她罗锦绣就快称得上大众敌人了。

也许宁双说得不错，属羊的女人都是独守空房的命，远的比如慈禧太后，她就属羊，咸丰死得很早，她年纪轻轻就守了寡，周围又都是一大群太监，近的嘛就是她罗锦绣了，丈夫固然健在，但虽生犹死。

童金铃的老公叫徐钟，对罗锦绣分外热情，她刚进得门来，他就赶紧拿出千里迢迢带来的千层糕让她吃。

老徐是个专门研究鸳鸯蝴蝶派的文人，他有一个重要发现，那就是鸳鸯蝴蝶派小说中的女主角大都没有妈。他以此为课题专门写过论文。他第一次见到罗锦绣时就对罗锦绣大讲《玉梨魂》，那是一部从头到尾都眼泪涟涟的哀情小说，男女主人公最后全都殉情了。每每讲到激动处，徐钟就用他那只白白胖胖的大手拍一下罗锦绣的肩膀，拍的轻与重是根据那情节使他激动的程度而定的，就这样讲了两个小时。因是初次相见，罗锦绣出于礼貌，不好打断他的话题突然离去，但右肩已不堪重负，第二天睡醒觉起来觉得很疼，只好贴上了伤湿止疼膏。

这个徐钟第二次见罗锦绣的时候，送过罗锦绣一本他刚刚出的专著，翻开书来是他的两张照片。放在前面的那张居然是打了朦胧灯光的半侧面的艺术照，灯光暗影刚好遮住脸上的皱纹和缺陷，看上去不像他这个老徐钟，倒像国际影星克拉克·盖博；紧接着在后面一页上的另一张他自以为得意的照片就不是艺术照了，因毕竟是原汁原味地照出来的，露出了他本人的真实面目，跟第一张影星照相去甚远，把这么两张照片放在一起，说明了他还是不够聪明——这后面一张照片把前面那张照片给解构了。再说那专著的最后还有一个附录，是作者的生平年表，从出生之前写起，分别追溯父系母系祖上，确定了有印尼和满族血统，某年某月某日正式出生，出生时天气如何，某年某月上什么什么学，某年某月参加了什么重要学术会议，某年某月某日见到什么要人，某年某月出访欧洲……罗锦绣粗略计算了一下，这个生平年表写了至少有八千字，而此书不过才五个半印张；当罗锦绣看到连出生时的天气情况也写上了，不禁恶作剧地想在那后面再替他做一下补充，写上“出生时电闪雷鸣，哈雷彗星的尾巴扫过天际”之类的话。

罗锦绣到洗漱间里洗手，准备吃千层糕。

老徐见她拿起一块蓝色雕牌洗衣皂往手上擦，就说，我们宁波女孩子是绝不会用这种肥皂洗手的。

罗锦绣笑了笑，没有说话，心里却想，你们宁波女孩子就算是用上好的、一流的、甚至是专业的洗手肥皂洗了手，把手保护得娇嫩无比，来给你这种男人看，也是没什么意思的。

罗锦绣在门厅里吃着千层糕的时候，徐钟忽然提起了《花月痕》。罗锦绣吓得赶紧找了个借口躲到自己屋里去了，她怕他再讲起来没完没了，把她的肩膀再拍得去贴伤湿止疼膏。

在罗锦绣看来，这个男文人，或者说这个文男人，是挺要命的。

傍晚罗锦绣提前写完了那五十遍手写体罗瑾秀，并一一盖上了红印章。然后她就扛起被子和枕头出了门，朝宁双那里走去。

罗锦绣走在教职工宿舍区和校园区之间的那条马路上，两旁的银杏树正在落叶，在傍晚的风里闪烁着金箔一般的光芒。

银杏，裸子植物，雌雄异株。

罗锦绣一边负重走路，一边下意识地在心里这样念念叨叨。

忽然前面走来了庞延宝，两只手插在裤兜里，哼着“伤心总是难免的”。

庞延宝看见罗锦绣这样扛着枕头和被子走在大街上，像一头小毛驴驮了一座大山，禁不住惊讶地问，你屋里那个女的欺负你，把你赶出来了吗？还没等罗锦绣回答，他就勇敢地说，需要我做什么你尽管吩咐，我从小就爱打架。

罗锦绣被他的骑士风度逗得哭笑不得，赶紧说没什么，真的没什么，只是我需要到一个朋友那里去住一晚。

庞延宝马上把罗锦绣的枕头和被子抢了过来，很光荣地扛在了自己身上。他扛着它们大步向前，很像董存瑞扛着炸药包要去炸碉堡。他一直把罗锦绣送到宁双的楼下。

宁双是自由职业者，一个人在这个城市里闯荡了十年了。她为改进生存处境立志考研，考了四年都没考上。她和罗锦绣是通过罗锦绣所在大学的家教中心认识的。罗锦绣工作多年之后重新做学生，这使得她收入锐减，在经济上是经历了鲁迅先生所说的那种由小康到困顿的全过程的，等积蓄用得也差不多了，她又进一步发展成为赤贫，所以她就到学校家教中心报了名。罗锦绣在宁双第四次考研之前给她辅导过两个月的英语，宁双的英语水平不仅没有提高，分数反而考得比往年更低了，罗锦绣一分钱也没挣到——两人一见如故，在一起几乎光聊天不学习。但是两个人都觉得收获颇丰，她们脾气相投，彼此都得到了一个好朋友。

宁双发誓不再考研，把所有参考资料都当废品卖掉了，这样那样的英语书更是片甲不留——她为自己不再学英语做了理论上的辩护，她认为自己的汉语自我过于强大，一学英语，汉语就会跑出来和英语吵架，于是大脑里就有一个厮杀的疆场，两种语言交锋，刀光剑影，起初总是英语必败，可要是长此以往就未必了，两种语言会变得势均力敌，真怕英语未学好，汉语能力也削弱了，最后不得不落个邯郸学步的下场。接下来的日子，她弃明投暗，开始写作，以在报纸副刊上发表散文随笔为生。她写的文章全都是诉说未婚女子的闲愁和苦闷的，里面有的是纯情的憧憬，她在里面看似无意实则有心地向读者流露了自己的情况，诸如年龄身高学历性格业余爱好饮食口味等等，还漫不经心地暗示了自己的通讯地址。那些文字其实就是变相的征婚启事，由于包裹着一层散文随笔的外衣，刊登在了文学副刊版上，不但不付广告费，还能赚稿酬。宁双希望自己赶紧找个合适的男人嫁了，她说自己属鸡，找丈夫不能找属猴的，杀鸡给猴看，多吓人哪，她说要找就得找属蛇（小龙）的或属龙的，鸡就是凤，属鸡的女人和属蛇属龙的男人在一起才能龙凤呈祥。宁双在文章里把自己装扮成个爱情至上的女子，而在现实生活中考虑来考虑去的是怎样把自己好好地嫁出去，连本带息地打赢一场婚姻。

宁双自己向罗锦绣解释说，此法或许应该叫做“抛玉引砖”法，玉是爱情，砖是婚姻，即抛爱情这块美玉以引出婚姻这块砖头，用爱情这一手段引出婚姻这个目的，就像引老鼠出洞，引蛇出洞。

宁双想找一个像余永泽那样的男人。大学时代老师在课堂上讲到《青春之歌》的时候，宁双就认为如果她是林道静，她会十分景仰卢嘉川和江华，但她不会爱上一个老是向自己传授革命理论在自己心中撒播革命火种的男人。这样的男人随时可能入狱，上刑场，让自己守寡，即使她自己也投身革命，那她也不愿总是担着为革命而守寡的风险，过日子还得选择像余永泽那样多谈问题少谈主义的实用型男人——当时老师在课堂上慷慨激昂地讲着，宁双在下面不服气地想，余永泽有什么不好，他体贴，知道心疼人，会哄人，能挣钱养家，学问又好，前途无量。

罗锦绣和宁双彼此欣赏，都把对方看成一朵花。在宁双看来，罗锦绣这朵花已经插在了一堆叫甘星河的牛粪上，在罗锦绣看来，宁双这朵花正在急着找一堆牛粪往上插。

宁双租的房子在罗锦绣所在大学的附近，在一个什么干休所里，那里面住着的基本上都是离退休老干部，出出进进都是些老态龙钟之人，院子里三天两头地死人，楼下动不动就摆上一溜花圈。宁双在这座常常被死亡气息笼罩的院子里生活着，渐渐得出结论：在这个破世界上没有什么是值得你去认真对待的，人说不定什么时候就死了。

宁双一开门，罗锦绣就连被子枕头带人一起滚了进来。

宁双说，他们又要过性生活了？

罗锦绣一进来就发现宁双的住处墙上门上家具上都贴满了英语单词，录音机里正在播放英语磁带，书桌上床上书架上全是新买来的英文书，杨宪益和戴乃迭合译的英文版《红楼梦》像里程碑一样端端正正地摆在那里，似乎在鼓励自己有朝一日看懂它。屋子里真的是一本中文书也见不到了。这时候宁双指了指床底，罗锦绣弯腰往床底下看去，原来中文书全都在床底下，塞得满满的。

宁双竟然又开始学英语了，看得出这次的决心比以往任何时候都大，惊天动地，为了避免汉语自我的干扰，干脆把中文书都塞到床底下去了，英语要彻底打败汉语了。

罗锦绣刚要问“你不是决定永远不再学外语了吗？”，宁双却先开了口：我又学英语了，我才不考研呢，我要好好学英语，争取去美国。我舅舅当兵时候的一个战友现在全家都在美国旧金山，他们给我介绍了一个未婚的医学博士，美籍华人，那人一门心思要在中国大陆找女人结婚。据说我舅舅的战友最近刚刚把我的通信地址给了对方，那个男人也同意把他的电子邮箱号让舅舅的战友转交给我，下一步很可能就要开始书信或网上交流了。

好好学英语，去美国做太太，去做美籍华人。

原来这就是宁双重新学英语的动力，带着如此辉煌的目标去学习，相信英语定会突飞猛进，一日千里。

罗锦绣说，可喜可贺，祝你成功，这个时代余永泽们大都移居国外了。

宁双紧接着表示，这次不管那男人怎样，就算他是瞎子，是瘸子，是聋哑人，是侏儒，或者长了满脸麻子，六指，甚至有先天的性功能障碍，她都不会拒绝这门好姻缘；就算那人是死了老婆的，要她去做填房或孩子的后妈，她也没意见；甚至那男人是个骗子或人贩子，只是想劫色或拐卖妇女，她也认了；反正这次一定得答应下来，一切都等出去了再说。

罗锦绣和宁双在同一张大床上就寝。宁双把开身毛衣的扣子不紧不慢地一个一个解开来，她的体形宛若一只豆荚，这只豆荚小巧丰满，紧绷绷的，看上去随时都有自动裂开来的可能。她脱去衣服，裸露出来的皮肤细腻而雪白，竟明晃晃的，有些耀眼。罗锦绣望着宁双，心里想，不知哪个男人会有福气享受这么美好的肉体，不知这具美好的肉体将和什么样的男人相偎相依。每当罗锦绣挨着宁双躺下的时候，心里都会有一丝战战兢兢的甜蜜，她觉得旁边此刻有一株热带雨林里的植物：湿润、饱满、蜿蜒、自足、郁郁葱葱。只是她从不曾把这感觉说出来，她小心地和身旁这棵生气勃勃的植物保持着那么一点应有的形式上的距离。

宁双总在喋喋不休地谈论去美国的事，兴奋得无法入睡。

因为已经熄了灯，罗锦绣看不见她的脸了，但能想像得出来她脸上一定是痴人说梦的表情。她人在中国，住在用微薄的稿酬租来的破旧而狭窄的老式楼房里，躺在一张油漆剥落、一翻身就吱嘎乱响的棕藤床上，想像着自己在美国的豪华浪漫生活。她谈到了别墅，以及别墅必带的花园，花园里应该种满玫瑰和郁金香；早晨起来第一件事就是剪几枝玫瑰花插在花瓶里，摆在窗台上；她每天自己开着一辆鹅黄色的奔驰车带着狗去超市购物，偶尔因为车速太快收到警察局的罚款单；她定期打电话预约园艺工人上门修剪草坪，黄昏在自家的游泳池里游泳，晚上喝着咖啡坐在窗前翻阅《纽约客》杂志，偶尔也看看英文原版的艾米丽·狄金森的诗；还有冬天去佛罗里达度假，夏天就去阿拉斯加，把皮肤晒成棕色；她还想生上一对龙凤双胞胎，男孩长大了去竞选总统，女孩长大了去好莱坞做影星……

罗锦绣真想大喊一声“Stop”，想提醒她现在她和那个美籍华人还没有联系过呢，彼此连对方的片言只语都没收到过呢，怎么就扯出这么远去呢。

可是宁双忽然开始叹气了，她担心自己去了美国天天吃西餐受不了怎么办，她说：到那时候，我一定会想念大白菜和豆腐的，我还会想念这个城市里的粽子、八宝饭和豆浆，还有梅菜扣肉，还有烤地瓜，我会想念它们的！

宁双说着说着就动了感情，看来她把自己已经当成了一个美籍华人。她声音低沉地告诉罗锦绣，她在那边会怀念祖国，独在异乡为异客，她会在有月亮的夜晚，遥望太平洋，想像在大洋彼岸的沿海，某个城市里，街上正走着她最好的朋友罗锦绣，她正穿着她最喜欢的宽幅大摆的花裙子横过马路——她去了美国一定会害思乡病，还会因此写出许多的怀乡诗来，像余光中的《乡愁》那样的诗，她打算在诗里这样写：“乡愁是辽阔的太平洋，我在这端，祖国在那端。”

罗锦绣终于受不了啦，迅速地翻了个身，趴在枕头上哈哈大笑起来。她觉得宁双太可笑了，简直就是个疯子，人还老老实实地在自己国家领

土上待着呢，事情八字还没一撇呢，还没影儿呢，她已经计划着去了那边写诗抒发乡愁了，就像中国古代的文人盼着老婆死了好让自己写悼亡诗一样。

罗锦绣忽然想起一个问题，她问宁双，你想没想过，那个美籍华人要是属相既不是蛇也不是龙，那可就没法和你龙凤呈祥了。

没想到宁双有点轻蔑地笑了：到了美国谁还论属相这些土玩意儿，到了美国要论星座，我的星座是魔羯座，和毛主席一个星座，我天不怕地不怕。

两个人到黎明时分才睡着。

宁双梦见在美国举行婚礼，她披着洁白的婚纱，缓缓地步上红地毯，而和她并肩走在一起的新郎不是一个男人，而是一本放大到具有一个男人身体那么高那么宽的美利坚合众国的护照，上面的“USA”字母闪闪发光；婚礼进行曲接近尾声的时候，宁双觉得那身婚纱礼服忽然越来越紧越来越紧，当婚礼进行曲最后一个音符升起又落下的那一刻，她蓦然发现她身上的婚纱礼服竟变成了外科病房里用的那种白色绷带，把她裹得像个蚕茧，她看上去成了一个名副其实的重伤员。

罗锦绣则梦见了那个传说中的女孩子林桑柳，梦见她穿着绿罗裙在河边奔跑，她纤弱细致，楚楚动人，河岸周围没有任何现代化建筑，一派自然风光，河水也没有干，而是在身边绿波荡漾，河面上蒙着一层淡淡水雾。林桑柳跑着跑着遇见了罗锦绣，她日光坚定地对罗锦绣说，“我要去找他，就是跑到天涯海角也要找到他。”罗锦绣知道这里说的那个“他”是指郭生。林桑柳说完这话就转过身去走了。罗锦绣受到了启发和感染，喃喃地说“我也要去找他，就是跑到天涯海角也要找到他”。这里的那个“他”指的是赵良蛙，于是紧接着罗锦绣就去了中国的大西北。她和赵良蛙骑在同一匹马上日夜兼程，赵良蛙策马飞奔；罗锦绣手里拿着植物种子一路播撒，凡他们所到之处，哪怕是蜻蜓点水式地经过的地方，无论荒漠还是戈壁，瞬间全都长出了绿草和灌木，在山坳里长出了乔木；他们马不停蹄，一口气抵达中国最西部的国境线，在国境线上才不得不勒住了马的缰绳，停了下来，最后他们在最西部的城市喀什住了下来，在那里罗锦绣撒出了手里的最后一包种子，那最后一包种子恰好是相思草，于是他们开始相爱。

DuJiaoShou

冰樱桃

4

44-45

DuJiaoShou

冰樱桃

5

46–47

5

孔蝶到罗锦绣宿舍里去找她，要她帮忙把一篇论文的内容提要翻译成英语，以便拿到本校学报上去发表。

孔蝶住在校园里的青年公寓楼上，那是学校里专门为未婚教职工盖的筒子楼。那幢楼大致还属于学生宿舍区，紧贴校园东半部的南墙，而罗锦绣住着的教工宿舍区的这幢老式居民楼紧挨家属院东部的北墙。也就是说，两个人虽然分住在不同院落里，实际上只隔着两个院落之间的那条窄马路，离得是很近的。不凑巧的是，罗锦绣住的那间面积很小的房子在阴面，窗子朝着马路，而孔蝶的房间也是阴面的，是长长楼道里两排房间之中的阴面的一间，窗子朝着校园，所以两人并不能打开窗子就能相见，除非孔蝶站到她住的那楼的侧面带拐弯的阳台上去，朝一边使劲拧着身子，朝着罗锦绣的窗子方向大声喊叫，两人或许会有注意到对方的可能，不过那样会被马路上的人误以为患了精神病。孔蝶一分配到这所学校里来就住在那楼上，都住了快六七年了，她常常说为了搬出那幢弥漫着老鼠屎和烂菜汤味的筒子楼，也许她该考虑去结婚了。

罗锦绣英语好在系里是出了名的，曾经有不少人让她介绍学习英语的经验，罗锦绣光笑，不知从何说起。她的英语好，是充满偶然性和戏剧性的，她就是把经验写出来打印成材料，分发给大家，人手一份，去推广，恐怕别人也是学不来的：得先去找一个外语学院毕业的男人或女人结婚，婚后配偶要有外遇，对方也得是外语顶呱呱的，并且两个人要三五天就用英文写一封长信，这些情书要写到五年以上，全部堆在地下室里藏着，还要有朝一日被不小心发现，那个发现者要怀着好奇和嫉妒一遍一遍地到地下室里去偷偷地阅读，要随身抱一本《牛津英汉双解辞典》查看生词。这样学外语的心得体会恐怕在这个世界上很难有人能够效仿吧。

孔蝶把一页用汉字写好的论文的内容提要交给罗锦绣，罗锦绣看到她写的是在亚热带红土里栽培苹果树的尝试。当年孔蝶北上求学，一到这座暖温带的海滨城市，对她冲击最大的一件事就是，大冬天人们会成筐成筐地吃苹果，红富士跟大白菜一样成山成垛地堆放在市场上，才卖七八毛钱一斤。打那以后她就梦想着有朝一日能够在自己的华南老家大面积种植苹果树。在她老家那边，很少有人论斤买苹果吃，苹果很贵，一般要论只买，比如有人会说“我昨天买了两只苹果”。

罗锦绣看了看，答应下来，说下次上课时就把译文捎给她。

孔蝶道了谢，并没有马上要走的意思。她神色落寞，看上去像有什么心事。罗锦绣给她冲了一杯白菊花茶，她坐下来，刚喝了一小口就喝不下去了，一脸悲痛，未成曲调先有情，为了强迫自己平静下来，她喝了一大口水，然后又迅速地从杯子上抬起头来。

玻璃杯里的干菊花正在水里浸泡得渐渐膨胀和舒展

开来，像孔蝶正在用伤感语调铺开来的叙述。她讲了一个爱情故事，听上去大致是这样的：

一个纯真得没法再纯真的女孩子在十九岁那年跟大学里一个同级不同系的男生恋爱了，女孩子在这场恋爱中付出了全部能量，简直相当于一吨铀的能量，那男孩子许下诺言要一辈子都待这女孩子好。这女孩子对此深信不疑，并且毕业时没有回到遥远的老家，而是为这男孩子留了下来，留在了这座北方省份的省城，他们认为应该尽情享受浪漫生活，约好了到三十岁再结婚。可是现在，这男孩子忽然提出来要分手，而且相当坚决，他不管这女孩子如何挽留如何痛苦得死去活来，最终还是分了手，并打算立即与另一位姑娘结婚。

讲到这里，孔蝶克制地咬了一下嘴唇，又低下头去喝茶，但是她的克制没起作用，眼泪滴到了杯子里。

罗锦绣认为这是一个很平庸的爱情故事，而且还包含了那么一点儿愚蠢，毫无文学价值，这样的故事写成小说会让人读睡过去。可是坐在面前的这个女子却被自己讲述的故事感动得热泪滂沱，于是罗锦绣一下子明白了这故事的主人公之一无疑就是孔蝶自己。于是罗锦绣稍稍感动了一点，这感动一半是出于礼貌，另一半则是由于讲述者如泣如诉的语调和沾满泪水的脸庞。可是罗锦绣同时又感到这感动很累人，是鹅伸长了脖子的那种累。

虽然已经同学两年多，罗锦绣和孔蝶平日里来往其实是很少的。似乎听说过她有男朋友，但一直没有亲见——孔蝶喜欢在大家尤其是在男同学男同事面前做出一副名花尚未有主儿的样子，期待着男性到她面前来试试身手。

现在孔蝶突然这么一副推心置腹的样子来跟罗锦绣讲这些私事，罗锦绣稍稍感到有点不适和不安，她不仅要做一个怀着感动的倾听者，同时还要做一个中规中矩的说教者。

当孔蝶绝望地说：我就这样被抛弃了。

罗锦绣就会说：恋爱双方其实不应分出主动与被动来，两人分手无所谓谁抛弃谁。

当孔蝶更加绝望地说：可是他答应过要一辈子待我好呀，他答应过呀。

罗锦绣就继续说：热恋时期的海誓山盟在那一瞬间绝对是真诚的，但激动得昏了头时说出的话谁也不能保证永远不变，一切事物都是在发展变化的。

孔蝶不罢休地说：可是他怎么能言而无信呢，他怎么能呢。

罗锦绣就说：说到底所有海誓山盟都是为了背叛才得以存在的，当它们被说出来的那一刻就已经准备着背叛了。不是吗，人们正是为了消除对某事物的疑虑和犹豫才需要再三地向自己和他人表示确定的决心和不可更改的意志。

孔蝶接下来又说：可是我把所有感情都给了他了呀，我付出了那么多，他这样待我真是太不该了。

罗锦绣就会紧接着再劝她：是你自己愿意付出的，谁也没强迫你，况且别人也同样付出了。

孔蝶再说：他后来找的那一位只是高中毕业生，一个工人，他怎能那么没眼光呢，他也不想想能不能有共同语言。

罗锦绣就又说了:一对男女在一个屋檐底下总不至于是为了一起演算数学习题或者一块填写生物实验报告吧?他们在一起首先是为了做爱,其次还是为了做爱,再次还是。

孔蝶然后就大骂那女的不要脸,如何如何心计多端;还讲自己很后悔表现得不够温柔让别的女人钻了空子,自己已表示过后悔,可是怎么也挽不回来那男人的心。骂着骂着又哭起来了。

罗锦绣说:你大可不必为一个男人如此颠簸,要不要我再给你找个更好的?

孔蝶马上抹抹眼泪坦率地说:必须比他更好,好十倍二十倍,我一定要气死他。

罗锦绣说:你何苦气死别人,你知不知道对一个人最大的蔑视是不理睬?你最好干脆忘了他是谁。

罗锦绣对自己扮演的这副政治思想辅导员嘴脸感到无比恶心。他妈的,她在心里骂道,我什么时候变成了这样,我凭什么要做别人的心理咨询顾问,我是她姨还是她姑?

孔蝶走后,罗锦绣跑到门厅里去照了一会儿镜子,她看到镜子里那个女人脸孔平板庸俗,仿佛一本叫做《婚恋指南》的小册子的封面。

等到下次上课再见面时,罗锦绣将翻译出来的论文内容提要交给了孔蝶。这是在电教楼阶梯教室里上公共外语口语选修课,人很多,孔蝶紧挨着罗锦绣坐下,把英语书倒着拿在手里,让耳机跟项圈一样套在脖子上,耷拉在胸前。她坐得离罗锦绣太近了,以至于两个人的脑袋像是长在了一起,罗锦绣只好把耳机调频从英语会话拨到一段轻音乐上,并露出半只耳朵来,听孔蝶说话。

孔蝶说的还是那天在罗锦绣宿舍里提到的那个爱情故事。这次她明明白白地告诉罗锦绣，她那个初恋的男友名字叫董力，两个人当年硕士研究生毕业之后，全都留校了，他在物理系教课，她分在生物系试验室工作。当年他们这种无与伦比的毕业分配简直在天底下少有，简直是比翼鸟栖落在连理枝上了。谁曾料想到几年后他们会分道扬镳，偶尔碰见，却形同路人了呢？

孔蝶说，我真受不了啊，在青年公寓楼下面对面地走过，还要装做什么也没有看见，我真想离开这里啊。

她说这话时泪水就慢慢地从眼眸往外渗。

罗锦绣于是劝她，何苦要这么折磨自己呢，完全可以随便打个招呼，问候一声“你好”的。

孔蝶说，你不是当事人，你永远没法理解我的心境，我心里好苦。

她说着说着又哭起来了，罗锦绣从兜里掏块纸巾给她，她把眼睛揉得红肿起来，像两枚熟过了头快要腐烂的李子。她一边哭泣一边还在说，他说过要一辈子待我好，他明明是说过的吗，怎么又不算数了呢？一个人说话怎能不算数呢？

外教汉斯站在讲台上，朝她们这边看过来，脸上带着诧异的表情。他是这学期开学时才接过这个课来的。刚开学的那几天，他邀请过孔蝶罗锦绣还有几个同学去他那里喝过咖啡，喝的是那种用咖啡壶现煮的哥伦比亚原装咖啡。

罗锦绣第一次见到汉斯是今年春天在图书馆门口。孔蝶，还有另外一个更年轻的中国女孩子正和他在一起谈话。孔蝶向罗锦绣介绍汉斯，说他是刚从美国来的外教，旁边那个女孩子叫宋媛媛，分配来还不到一年，外文系的，是汉斯的女朋友。原来宋媛媛读硕士读到最后一年时，她当时所在北京某学院正好和美国某大学交换学生，她作为交换学生就去美国读完了最后一年，汉斯就是她在美国留学时认识的；她学业完成需要回国论文答辩时，汉斯跟着她来到了中国，紧接着她毕业分配到了这座北方沿海城市的大学外语系来教书，汉斯也跟着来做了外教。汉斯很自负地说，他已经认识了两个东方美女，现在加上这位罗小姐就认识了三个了。罗锦绣马上纠正说，按西方习俗，我是已婚的人，不该称呼小姐而该称呼女士了。罗锦绣还认为汉斯之所以把她也误当成美女，那是由于东方人在西方人看来都是长得一个模样的，就像我们看他们也是长得一个模样一样。正在聊着，汉斯突然一拍脑门说，我刚才把背包忘在图书馆六楼的阅览室里了！宋媛媛责备他真是个糊涂虫，让他赶紧跑上去拿，大家在这儿等他。这时候，孔蝶自告奋勇地说，我认识汉斯的背包，让我去替他拿吧。说完就冬冬冬地跑了。

下了课孔蝶还是跟紧着罗锦绣不放，讲她的爱情故事，她一路地讲过去，一直讲到罗锦绣出了教学楼，穿过校园，过了马路，进入教工宿舍区，跟着去了罗锦绣那里。她讲这是她从小到大最刻骨铭心的一次恋爱，她讲董力怎么追她，送她的鲜花可以装载满满一小卡车；讲他们怎么长途跋涉去看黄河，在河滩上野炊，怎么一起在冬夜里踏雪；讲董力怎么在她受伤时背着她去医院缝针，她因为疼痛难忍就用牙齿把他的脊背咬出了带血的牙印，他却像烈士一样一声不吭。

孔蝶在罗锦绣那里挨到了吃晚饭时间还是不肯走，罗锦绣盼着她赶快走了，自己好下楼去食堂吃晚饭，但是孔蝶又让她饿着肚子听了两个小时的爱情故事,食堂早过了开饭时间,忽然孔蝶说饿了并主动要求留下来吃晚饭。罗锦绣哪好意思不答应,只好亲自下厨房去做饭。她做饭偷懒,还有点气急败坏,一餐饭不到十分钟就端上来了:一盘生菜蘸酱,一盘切火腿片,一大碗冲泡即食的紫菜汤,又借用童金铃的微波炉热了两个馒头。

孔蝶一边吃还是一边讲她那已经过去了的爱情故事,晚饭吃得缠绵悱恻,每个菜的名字都可以叫做《yesterday once more》。

吃了晚饭孔蝶并不走,继续说董力如何如何。她坐在那里凄凄切切地说啊说:他怎么会背信弃义,要去跟别的女人结婚呢,他说过要一辈子待我好的呀,怎能就说话不算数了呢,他明明是说过的呀!

这有点儿像祥林嫂了,一遍遍地讲她那阿毛,冬天本来是没有狼的呀,怎么就被狼吃掉了呢?

罗锦绣坐在那里陪着孔蝶,开导她,说服她,鼓励她,教育她,激将她,安慰她,褒扬她,同情她,理解她,拯救她,关怀她,体恤她,启发她,支持她,纠正她,调侃她,呵护她,责备她,容忍她,怜悯她,偏袒她,响应她,就差踢她两脚了。她被当成了美丽多情柔弱敏感的邻家小妹妹。

夜深了,孔蝶还是没有走的意思。罗锦绣不好意思撵她,就只好忍受着。

到了凌晨一点五十五分,她还不肯走,还在兴奋地诉说自己的痛苦。罗锦绣疑心这痛苦其实在内心最深处给她带来了快乐，她一定以为她的形象倒映在痛苦这面波光潋艳的小湖里会显得更加美丽，她对自己水中的幻象流连不已，迟迟不愿离去。罗锦绣开始一个接一个地打哈欠，并为自己这样不礼貌的举动深感愧疚，终于孔蝶抬起头来看了看墙上的石英钟，说出了一句罗锦绣盼望了整整一个晚上的话：我该走了。

罗锦绣听了这句话高兴得不得了，还有些受宠若惊，就像一个坐了许多年监狱的囚犯忽然听到特赦令一样，但又担心被对方看出来，怕一旦看出来又会突然取消决定，便使劲压抑着，在脸上不表示出什么来，这就使她的脸看上去反而紧绷绷地，似乎是不愿意放对方走了。

孔蝶表示她该走了的意思之后，屁股还是稳稳地坐在那里，没有挪动一寸的意思。嘴里还在说着董力如何如何绝情，完全出乎她的预料，还说从提出分手到真正分开虽说拖了半年有余，创伤却是日久弥新。就这样又说了半个多小时，最后她终于算是从沙发上站了起来，做出要走的架势，但又站在屋门口不动了，继续着刚才的话题；她让罗锦绣一定给她出出主意，要不她这漫长的一生就不知道怎么过下去了，真的不知道怎么过下去了，这漫长的一生究竟还过不过下去呢。

孔蝶走后，罗锦绣觉得她的大脑和五脏六腑全都装满了孔蝶和董力的恩恩怨怨是是非非，身体里凡是可以塞得下点什么的地方，比如骨头缝里皮肤底下也都用鸡毛蒜皮塞得实实在在的了。

罗锦绣觉得自己成了一个大垃圾桶。

有一天课后，孔蝶硬是拉着罗锦绣出了校门，去了校园附近的一个小胡同；在那里有不少的庭院民房，很多院墙大门上都贴着租赁说明，出租房屋是那里居民们的一项重要收入。为了尽可能地增大可利用面积，几乎家家都在原来的平房房顶上面又补建了一层，变成了二层小楼，这

使得小胡同显得更窄了，头顶上的天空成了一缕银灰色的细线。

孔蝶不由分说地拉着罗锦绣往这小胡同里走，一直走到三分之二处了才停下来。那里有两扇关着的黑色木门，两个对称的金色狮子头嘴里含了两个铁环从门里面伸出来。

罗锦绣不知道孔蝶领她来这里做什么，忽然孔蝶抬起头来望着二楼的一扇窗户发起呆来。罗锦绣也跟她一起仰望那窗户，可是罗锦绣实在看不出那窗户有什么特异之处，不过是漆成绿色的两扇钢窗而已，里面挂着小熊图案的花布帘子，窗台在外面兜了个小小的铁护栏，里面放着些杂物，还有一小盆半死不活的菊花。

孔蝶望着那窗子的目光里充满虔诚，渐渐地要闪出泪花来了，像是革命者望着枣园的灯火和延安的窑洞。她反复地自言自语，就是在这里，就是在这里。

罗锦绣不明白究竟谁住在这里，以及就是在这里怎么着了。

等孔蝶仰望得累了，才低下头来，告诉罗锦绣，就是在这里她和董力同居过半年。那是研究生二年级时，我们实在无法容忍在同一个校园里一个住在男生宿舍一个住在女生宿舍这种“两地分居”的生活了，就干脆跑出来租了房子。就是在这里，她怀过董力的孩子；就是在这里，她流产后董力给她炖鸡吃；就是在这里，她从窗子上放下篮子来买报纸，就是在这里……

罗锦绣这才明白孔蝶为什么拉她出来瞻仰这幢小破民房,原来那曾经是她和董力的鸳鸯楼啊。罗锦绣想,有朝一日孔蝶或者董力出了名,这里该像名人故居那样挂上个牌子,成为受保护的文物,以便游人参观。到时候导游想必得用如下腔调的文字来介绍:“这是著名的某某和第N任男友某某某曾经未婚同居的地方,时间是XXXX年春天到秋天。据考证,除了窗帘是房东后来换掉的,窗子和木床都还是原物,窗子是铁质的。某某自传里写到过这窗子,说她常常趴在这窗子上往外看胡同里的市井风光,每天黄昏或清晨把零钱放进一只竹篮子里,用绳子拴着那篮子,递到窗外,放到楼下胡同里去,让报贩把钱拿了,再将报纸和找的零头一起放进篮子,她再从这窗子拎上去。再说这张大床,它是核桃木的,本是房东的家产,这对恋人就是在这张大床上颠鸾倒凤,某某自传里说的平生第一次怀孕应该就是在这张床上。”

最后孔蝶又领着罗锦绣恋恋不舍地离开了那幢小破楼,顺着胡同往回走,她两步一回头,眼睛向上望着,那样子像是在跟那幢小破楼上的那扇绿窗子道别,告诉它,我还会回来看你的。

以后的日子里,孔蝶几乎天天晚上都找罗锦绣说她和董力的事情,关于这件事情她说的话总还是那些话,再也没有什么新情节了,罗锦绣安慰她的话也还是那一老套,设想不出什么新花样来了。但是孔蝶每次诉说都像是第一次诉说那么有激情,那么充满新鲜感,到了该哭的时候就哭,到了该愤慨的时候就愤慨,总要说到凌晨一两点钟才肯离去,她把罗锦绣那里当成了妇联。罗锦绣在这段日子里把自己锻炼成了收音机里那种谈心节目的主持人,什么“东方不亮西方亮”“天涯何处无芳草”“前途是光明的,道路是曲折的”,满口格言警句,同时又因为睡眠严重不足,导致神经衰弱,眼前景物总是如凡高的画那样带着狂野和灾难,不

是旋转成涡状就是流泄着电光；有一次上课竟走错了教室,坐下来听了五分钟之后才发现不对头。

晚上罗锦绣在这边屋里倾听孔蝶痛诉革命家史的时候,童金铃就在那边屋子里听越剧,她把同一盘带子听了一遍一遍又一遍,那越剧唱腔流利婉转,千娇百媚,真像是在给这边孔蝶正在讲述着的爱情故事配主题歌或者插曲。

6

一天黄昏学校里停电了，教工宿舍区和马路对面的校园全都黑咕隆咚的，像座坟，走来走去的人影全像鬼，餐厅和商店点起了蜡烛，忽闪忽闪的，跟鬼火似的。

罗锦绣正在写着毕业论文，电脑突然断电，她便给自己找到了偷懒的理由。她一个人坐在黑屋子里，听着楼下杂沓的声音，感到日子像一条腐烂的鱼一样无可奈何地散发出腥臭。

忽然听到隔着门厅传过来大门敲门声，当她还在辨别着敲的是单元住户的哪家的房门时，童金铃已经开门迎进了客人。几秒钟后一个披散头发的女人倚在了罗锦绣小屋子的门框上，抑制不住地抽泣着，在从窗子映进来的尚未完全黑尽的黯淡天光里看上去那冲着罗锦绣的三分之二个脸很是吓人，像日本歌舞伎那种似哭似笑的煞白的脸谱。不过她很快镇静下来，认出那个人是孔蝶。

罗锦绣说孔蝶你怎么了？

孔蝶并不说话，只是进到屋子里来，一头扑到床上放声大哭起来，把罗锦绣的床铺弄得一团糟，看上去简直跟她的心情一样糟。

罗锦绣为了哄好孔蝶，就说笑话给她听。她说，这学校商店的老板跟供电局局长一定有私交，他们一定是勾结好了，为了把店里积压的蜡烛卖出去便想出了停电的法子，我们偏要摸黑到底，把稀饭喝到鼻子里去

也不去买他们的蜡烛。

孔蝶的哭泣终于算是平息下来了，才开始讲这哭的原委。原来她刚才在物理楼门前看见董力的自行车了，那是一辆爱情的自行车啊，她对那辆自行车的每个零件都跟对自己的身体器官那么熟悉，睹物思人，触景生情，便更加伤感起来，想起不久前她还坐在那辆自行车后座上被董力载着到学校外面去滑旱冰呢，没想到现在已恍若隔世了。

罗锦绣被孔蝶那份痴情感动了，董力究竟是何许人也，竟值得一个女子爱得如此撕心裂肺，连看到他的自行车都要大哭一场！联想起自己活这么大竟没撞见过一个可以让她爱到如此深渊里去的男人，便更觉得自己是个庸常之人了。别看人家孔蝶是学理科的，却长着那么文学的神经，孔蝶多么女人哪，她那弱不禁风的躯体里面包裹着的全是情感，就像那种一层薄薄的皮儿里有着一大堆汁液的水果，相比之下自己就是一台生锈的钢铁机器了，只会咔嚓咔嚓地发出粗糙的响声。

两个人在黑屋子里待了一会儿，还是不来电，罗锦绣先觉出了饿，就问孔蝶饿不饿，孔蝶也说饿了，还提议晚饭一起出去吃。

罗锦绣知道在这餐饭中她又将扮演自己早已演累了的知心姐姐角色，她实在对这个角色烦不胜烦了，就像演惯了良家妇女的人倒特别想演上一回风尘女子一样，她特别想演上一回天真幼稚的小妹妹之类。但是她这个师姐从一开始似乎就与孔蝶有了某种不成文的规定和默契，各自角色早已定位，如今竟难以更改了。

罗锦绣答应和孔蝶一起出去吃晚饭，怎么能不答应呢，她满脸泪痕，可怜兮兮，望着对方的眼神像望着一根救命稻草，现在她是孔蝶的一本《婚恋指南》。

俩人一起穿过黑糊糊的校园去一个叫米力乃的西餐厅。这餐厅其实就紧贴在校园墙外，可是那附近没有开大门，要去的话也还是要围绕校园的围墙转上五分之三圈才能走到的，而校园占地面积千亩，所以实际走的路程就并不短了。

一路上孔蝶拽着罗锦绣的衣襟拉着罗锦绣的胳臂傍着罗锦绣走，把她身体的一部分重量毫不客气地放在师姐身上让师姐承担着，并且她一边走一边还渐渐地向对方的方向靠近，一点一点地挤着，使得她们走的路线越来越歪斜，直逼墙跟，如果不是罗锦绣努力地做了些调整的话，恐怕俩人早就一头撞到墙上去了。

米力乃，是millionaire的音译，中文意思为“百万富翁”。透过悬挂着五彩缤纷小饰物的玻璃望进去，里面总是座无虚席，大多数是这个大学的学生。开业两年来几乎每天都有男孩子们来此扮演millionaire，同时还对女孩子能赏赐给他们这么个献殷勤的大好机会而感激涕零。男孩子们从这里走出去，下意识地拍拍瘪了的钱包，在心里构思着这个月剩下的那些日子如何节衣缩食吃糠咽菜。

她们要了罗宋汤、炸鸡腿，还有啤酒。那炸鸡腿做得真是好，油亮酥脆的样子，那才称得上辉煌，令世上所有的爱情都黯然失色。孔蝶的情绪看上去比刚才好多了，还对着餐桌上的康乃馨笑盈盈的。看来美食的确有移情作用，如果谁要是失恋了，就该到这种地方来大快朵颐，吃完之后人生观就会发生变化。

孔蝶喝了一口酒，忽然问罗锦绣，你说我漂亮不漂亮？

罗锦绣说当然漂亮啦。

她又问是怎么个漂亮法。

罗锦绣说漂亮就是漂亮嘛，不管什么类型的漂亮，总之就是漂亮。

可是孔蝶非要让罗锦绣回答出她这个问题不可，究竟怎么漂亮了？

罗锦绣只好信口胡诌说，是那种只可意会无法言传的漂亮，是那种绚烂之极归于平淡的漂亮，是不着一字尽得风流的漂亮，是形散而神不散的漂亮，是羚羊挂角无迹可求的漂亮，是得意而忘言的漂亮。

罗锦绣成天跟宁双这个学中文的好朋友混在一起，所以略略知道点大路边上的文学评论术语。

罗锦绣想，她问我的目的不就是为了让我说她漂亮吗，我若说她不漂亮，那不等于人家问错了人了吗？

孔蝶听了评论很高兴。

可是过了一会儿她又凄然说，可惜我的一双眼睛长得很小。

罗锦绣说，那有什么，人家香港的林忆莲不也是小眼睛美女吗，再说如今社会是多元的，完全不必大家都长上李铁梅那样子的大眼睛才叫美女；再说你的眼睛虽小，但小得有特色，是反常合道，是无理而妙。

罗锦绣将自己从宁双那里学来的那一丁点儿中国古典文论全用上了，用完了，如果孔蝶再问下去，需要她再往下评说，她就不知道说什么了。

可是为什么董力还会看上别的女孩呢，为什么他还会看上一个长相远远不如我的呢？我真不明白，那女的我见过，是在路上不小心遇见的，她长得像一只抹了奶油的水煮土豆……我真不明白这是为什么。

孔蝶怔怔地说。她的表情很惨淡。

话题绕来绕去，终于还是回到了那件事情上，就像泰坦尼克号命中注定就要撞到冰山上一样。

孔蝶关于抹了奶油的水煮土豆的联想，是来自这餐厅里的一道西式食品，把土豆煮熟后切开个口，从口里夹进一撮奶油去。可以想像董力的新欢应该是个皮肤比较白净细腻的女孩，而且丰腴。

为了说服孔蝶，罗锦绣差点引用那句被天下人引用得快要断了气的契诃夫的名言：人不是因为美丽才可爱，而是因为可爱才美丽。

孔蝶拼命喝酒，空酒瓶子像一大堆蝉蜕，像一大堆已经兑过奖的作废奖券，摆满了餐桌。罗锦绣的劝阻非但一点儿作用不起，反而成了祝酒辞一般，使她的情绪有了具体对抗的目标，愈发地猛喝起来。罗锦绣便决定不再劝阻，由她发泄去了，她想坐在面前的这个女人的内心世界如今是一片废墟，只有将那些碎石瓦砾彻底清除了，才有建立新的大厦的可能。她还想等这个女人喝得不省人事了，就找个人帮忙，把她抬到一辆出租车上去，像拉牲口一样拉回学校去。可是她低估了孔蝶，她数了数地上已经有八只瓶子了，可怕的是，她还继续向柜台上的人招手要酒。罗锦绣用眼神向侍应生示意不要了，人家就没给拿，不料孔蝶立即就冲人家大发脾气，说人家欺负她，怕她不给钱，接着就从提包里掏出一百元给人家，并让人家去叫老板来理论。最后人家就只好依了她，把酒送来了。她说今天晚上一定要把这餐厅里的啤酒统统喝光了才走，她还说将来她要开一家“失恋酒馆”，失恋的人可以到那里去酗酒，喝得像那种浸泡在老酒里的醉枣一样又颠倒又忘情，然后把负心人骂到十八层地狱里去。罗锦绣说，真要开那么个餐馆的话，那里面最好是准备酒精度数为62度的二锅头，还要雇佣一些身强力壮的服务员往外抬人，门口排一溜出租车，这样的酒馆还要开设在医院附近，以便于挂急诊。

孔蝶越喝越汪洋恣肆，并手舞足蹈连哭带笑，把酒瓶子拨拉到地板上摔得脆响。餐厅里的人都朝她们这边张望。罗锦绣猜测这里面说不定就有知道她们是何许人的老师或学生，明天的晨报上也许会登出正人君子般的消息：《试看万世之斯文而今安在，两女博士生醉倒米力乃餐厅》。孔蝶用挑衅的目光斜睨那些朝她们这边看的人，像斜睨一些关于师道尊严的训导。

忽然孔蝶放在包里的呼机响了，罗锦绣帮着掏出来看到显示屏上的字，是让回一个什么电话，电话号码附在后面，署名杨胜利。她问要不要回，孔蝶竟然还能看清楚那上面的字，便说，告诉他我们在哪儿，要他来替我们付账。

罗锦绣去找电话回话，电话里是一个声音带着烟草的刺激味的男人。她刚刚说明了情况，他就在那边冲着罗锦绣咆哮起来：你是什么人，你怎么那么轻率，还敢让她喝酒呢，难道你不知道她一喝酒就要出事吗，你能负得起责任吗？

罗锦绣听罢这番话简直气炸了肺，好像她违犯了珍奇动物保护法，损害了大熊猫。她冲着话筒骂了一句“去你妈的！”就把电话扣了。

一会儿那个杨某某就赶到了，他看上去像一篇议论文那么干练。他那带着烟草刺激味的声音变得温存起来，软硬兼施地说服孔蝶不要再喝下去了，见孔蝶根本不听他的，便硬硬地从她手中往下艰苦卓绝地夺杯子，弄得银瓶乍破水浆迸，弄得血色罗裙翻酒污。最后他终于算是将孔蝶死死抱住，让她动弹不得了，同时又用目光示意罗锦绣帮忙拿好东西，然后他两眼一闭运足了力气，像扛一麻袋红薯那样将孔蝶扛到了肩膀上，一直扛到餐厅外面的大街上，扛到秋夜的寒风里。

他们拦了一辆出租，把孔蝶往车厢里拖，可是孔蝶死活不肯上，索性在马路上打起滚来。他们只好让那出租车开走。孔蝶一边在地上像一只割断了喉管的家禽那样扑楞着，一边苦苦喊着董力的名字，千呼万唤的声音敲击着这个夜晚，听起来格外绝望。那个杨某某想把她从地上拉起来，可是孔蝶一点儿不肯合作，罗锦绣上前帮忙，两个人一起拖也拖不起来；她的泡在酒精里的身体本来就死沉死沉的，再加上她主观上还拼命地要出溜着往下坠，简直重得需要用大吊车来吊呢。最后他们只好像民工拖拉着建筑钢筋那样一人拽了一根胳膊贴着地皮往前走，半小时才走了不到二十米，照这个速度就是明天早晨也到不了学校。后来杨某某蹲下去，把那具身体死拉硬拽到自己背上，让罗锦绣跟在后面托举着一双腿脚，这样孔蝶的姿态看上去就像一张折叠椅了，折叠在杨某某的脊背上。这样又走出去二十来米，因为孔蝶一路都在拼命挣扎，呼天抢地地，累得他们只好再次放下她来。这时正好走到了一座石桥上，孔蝶摆脱了束缚，索性就在那桥面上横躺下来了，跟设置了路障一般，她仿佛睡着了，嘴里的呼唤变得犹如梦呓。偶尔有汽车开过来，走到桥上便大声鸣喇叭，放慢速度，从孔蝶身旁一点点绕过去。

那时罗锦绣萌发出了去拨打110的念头，她真想把孔蝶交给警察去处理算了。她很恨那个生活在同一个校园里却从来没有见过的名叫董力的男人，他像一个不露面的幕后操纵者，使他们在这个秋末的夜晚流落街头，冻得直哆嗦，把喷嚏打得像呼口号那么响彻云霄。

罗锦绣和杨某某坐在桥墩上歇息。他告诉她其实早在半年之前董力就提出分手了，直到最近两个人才算是彻底地了断，一清二楚，不再见面。在这半年里，这是孔蝶第六次喝醉酒大闹了，每次都是他跑去把她往回一点点地背，因为孔蝶死活不肯坐车，所以无论多远，他都得将她背回去。有一次他把她从东城往西城背，走了二十多里路，背了大半宿，到她宿舍时已经是早上了，校园里正在播放着运动员进行曲，开始上早操了。每次喝多了酒孔蝶都得犯胃病，他就用电炉子给她熬稀饭喝，一点硬东西也不能吃，弄不好还要去医院输液，他就再去跑医院。他还告诉罗锦绣，原先他也以为让她发泄发泄就会好些的，后来发现情形其实相反，她每醉一次酒就会更放纵地往自己设置好的泥淖里深陷一层。他说孔蝶对他非常信任，每次在外面喝多了酒，就会打传呼给他。今天他本来是找孔蝶借本书的，没找着人，就打了个传呼，一听说她在喝酒，就害怕了。他还让罗锦绣对他在电话里不礼貌的态度多多包涵。

罗锦绣说，孔蝶有你这样的朋友真是幸运。

叫杨某某的男人苦笑了一下说，我只不过是觉得应该讲义气吧。

罗锦绣觉出他说的不完全是真话，就紧接着冒昧地问了一句，你认为自己就一点私心也没有吗？

他过了很长时间才叹息着回答道，当然不能说完全没有私心。

罗锦绣看了看表，已经是凌晨两点钟了。远远地有几个游手好闲之徒朝桥这边走来，她本能地感到应该赶快离开这里，想朝学校方向快快地跑。

杨某某俯下身去把孔蝶抱了起来，吃力地迈着大步往前走。孔蝶可能也疲惫了，这次没有伸张着四肢大闹，她把头深深埋进了杨某某的怀里，依然在声嘶力竭地哭喊着董力的名字。

在一个男人怀里呼唤另一个男人的名字，这就是孔蝶。

那杨某某对于自己的冤大头身份并不介意，仍然无怨无悔地抱着孔蝶。

独角兽丛书
DuJiaoShou
水樱桃
6
70–71

7

冬天来了，罗锦绣敲键盘的速度在加快。她的作息时间本来是比较正常的，基本上算是日出而作日落而息，渐渐地她却开始跟太阳月亮做对，昼夜颠倒起来，成了日出而息日落而作。她几乎足不出户了，整天窝在有暖气的屋子里写她的毕业论文，像孵小鸡一样。

至少从表面上来看是这样的。

她窗口的灯光常常彻夜亮着，如果是在海边的话，简直都可以做夜航船的灯塔了。不知道的还以为她多么用功，其实她大白天浪费时间，打着写论文的旗号睡大觉，到了夜里就只好表演凿壁偷光或孙康映雪了。再说就是夜晚她也干不了多少活。她写得很慢，差不多每写上三行，就忍不住用鼠标点一下电脑屏幕上的工具栏，找到字数统计一项，去数一数字数，这样她会充满成就感，觉得自己劳苦功高，她数字数的时间加起来比写论文的时间还长。数完字数她就要奖励自己去看一会儿电视，电视剧里的夫妻关系都有这样那样的问题，似乎都在忙着分居和离婚，罗锦绣看了就感到十分欣慰；如果遇上极少数的那种夫妻恩爱家庭美满的片子，她就不爱看，觉得编剧和导演变态。渐渐地她看电视的时间越来越长，以至于超过了数论文字数的时间，更超过了写论文的时间，有时候能占去前面三分之二个夜晚，这样她就感到很愧疚，后半夜赶紧去写论文。由于愧疚，她恨不得把失去的时间一口气补回来，于是写作效率大大提高了，一下子写出了不少字，比她想像的要多，令她得意洋洋。她就这样没规律地睡懒觉，无节制地看电视，不断地自我拷问和反省，最后是坐在电脑前赎罪，字数终究还是在增加而不是在减少，渐渐地积累下来，变得可观起来。

罗锦绣喜欢自己的专业和课题，但实在不喜欢写论文这件事。

写论文在她看来就是用僵死呆板的语言把原本活跃生动的想法表达出来，使每个段落读上去都有橡胶轮胎的味道。这种文体培养了无数的专家和学者，为了出人头地，人们甘愿变得乏味和无知。罗锦绣在自己这篇跟多种植物有关的论文里，却感受不到一点绿意。她是一个经历过学术论文写作专业训练的人，她知道非这么写不可。

每写完一个章节，罗锦绣就要慰问和犒劳自己一下，她总要叫上宁双一起去下趟饭馆。在去吃饭之前，罗锦绣这个久经沙场的老学生就在脑子里习惯性地列出一道考试选择题："今天为了庆祝又写完一个章节，允许你下馆子，那么你想吃"，紧接着她自己在这未完的话的后面提供了四个供选答案："A海鲜；B涮羊肉；C西餐；D南韩烧烤。"最后她稍加思索，在四个答案中选了一个，在脑子里给那个答案打上个对勾。

罗锦绣对宁双说自己能吃能睡，简直就是一头猪。

宁双马上补充道，不过是一头会写论文的猪。

罗锦绣如今惟一的社交活动就是和宁双一起出去吃饭。去吃饭之前，她总是对镜梳妆，穿上她自认为最好看的衣服。女为悦己者容，罗锦绣如今是为谁容？为满桌美味佳肴而容。

再说宁双，情绪很好，已经和美国那边联系上了。最近她经常一个人跑到海边，找一块大礁石站上去，对着大海的那一边遥望，还要大喊上几声“San Francisco”，这是旧金山的英语称呼圣弗朗西斯科。她查过地图，说这个位于太平洋东海岸的城市跟我们这个位于太平洋西海岸的城市基本上处于同一纬度，也就是说两个城市是正对着的，真的是隔海相望呢。

宁双的英语学得越来越地道了，汉语反而变得有些夹生，说开了英语化了的汉语。和罗锦绣说话时动不动就用上一个老长老长的句子，大从句里又套着好几个小从句，小从句里套着更小的从句，弄得跟一列火车那么长，火车头后面拖着十几节车厢，罗锦绣听起来觉得很累。

她们俩有一次吃海鲜的时候，餐馆里的电视上正在播放一则新闻，说的是一家动物园的一个名字叫莉莉的大熊猫自上个月月底以来食欲不振，卧床不起；这个消息惊动了国内外的专家，牵动了亿万人的心，于是一个设备和业务均堪称一流的专门医疗小组很快成立了，对这只大熊猫进行了为期半个月的紧张抢救和特别护理，B超、CT、心电图、X光透视，各种仪器检测均表明莉莉的器官已经全面老化；从上周末开始莉莉在她居住的宽大明亮的玻璃房子里进入了弥留之际，虽然专家们全力以赴地救治，从美国调来的医学专家也乘机赶到，但亲爱的莉莉还是不幸于昨天夜里22点51分去世，享年34岁，动物园、世界动物保护组织以及热爱熊猫的人们无不沉浸在悲痛之中。紧接着这则电视新闻又用相当篇幅和镜头回顾了莉莉的一生：她出生在哪里，如何天生丽质，生前去过哪些地方，哪一年曾为促进交流与和平出国巡回展出；她有什么爱好，曾经在专家指导下跟多少只公熊猫交配过，产过几胎；她虽然去世了，但生前的倩影仍然留在人们心中。新闻在最后又补充道，据说这只熊猫是目前为止世界上寿命最长的一只熊猫。

宁双看完新闻，对罗锦绣说，这只熊猫还跟你同岁呢。

罗锦绣说，我可没有她好，她生得富贵，死得荣耀。我生病的时候，一个人躺在床上，孤苦伶仃地熬着，无人问津。

宁双说，我也没她好，我在陌生的城市里漂泊，为五斗米折腰；她多好呀，活着全世界人民都宠着她，死了名字还能载入史册。另外，她还出访过那么多国家呢，她小时候就去过美国了。

两个人说着说着，竟有点伤感了，都开始为自己生为人类感到不幸，认为如果有来世，那就一定选择做一只熊猫。

她们俩你一言我一语地列举了做熊猫的好处：

一、做熊猫可以衣来伸手饭来张口，还能无比挑食无比偏食，就是这样也能得到满足；

二、可以拥有面积很大的住房，里面有空气调节器，冬暖夏凉；

三、做熊猫不用动脑筋，可以吃了睡，睡了吃；

四、做熊猫出国的可能性也大；

五、做熊猫不仅可以享受百分之百的公费医疗，而且级别待遇极高；

六、做熊猫可以无条件地讨人喜欢，受到关注，成为吉祥物，简直是不费吹灰之力就能名利双收；

七、做熊猫安全系数最高,谁要是胆敢伤害国宝的身心健康,那就得判死罪;

八、还有最重要的一点,那就是,做熊猫有充分的性自由,人们会把异性主动送上门来请求熊猫进行交配,熊猫也绝不会因此败坏了名声,相反,它们一直美名远扬,是动物界的正人君子、道德楷模。

那天罗锦绣和宁双谈论完了熊猫,条件反射似的萌发出去逛动物园的念头来。

于是这两个三十岁的女人就真的乘上公共汽车去动物园了。

"我们一起去动物园看大熊猫,每人手里再举上一只糖葫芦。"

她们在公交车上这样对自己不断地自嘲着。

由于不是节假日,天又阴冷,所以动物园里冷冷清清。

她们先是怀着嫉妒的心情去参观了熊猫馆,再去看别的动物时,发现在这样的数九寒天,动物们都躲在窝里的某个角落取暖睡大觉,很难看到它们的踪影或者全貌。

于是她们就决定去动物园的游乐场坐海盗船或者摩天飞轮。

她们向往惊险和刺激,起初她们都感到有点害怕和犹豫,可是她们很快地自己说服了自己,还互相鼓励和激将起来。她们说人上了年纪一般都是要患心脏病和高血压的,我们应该赶在衰老和身体出现问题之前在这个世界上找找乐子,要不这辈子都不会有机会了。

罗锦绣说,宁双,我没什么可怕的,只要你敢坐我就敢坐。

宁双也说,有你陪着,我也没什么好怕的。

轮到她们上摩天飞轮时,乘坐的只有三个人。

罗锦绣和宁双并列坐在一个车座里,还有一个留长头发的男人紧挨着坐在她们后面。

飞轮隆隆地开动了，在几秒钟内就达到极高的速度，整个转盘装置形成的圆圈与地面垂直相切，呈360度大幅度急剧地旋转，瞬间将人无情地抛向顶点，瞬间又将人狠狠地甩向深渊。罗锦绣和宁双惊叫着，在地球和天空之间翻转，体验着残酷的快乐，罗锦绣大叫着，这是法西斯！宁双则已经浑身瘫软得说不出完整的话来了。

忽然谁也料想不到的事情发生了，当她们被抛向空中那个最高点时，摩天飞轮突然不动了。

“线路出现故障，临时停电了。”

她们听见下面的工作人员在说话，在她们听起来简直就是从阳间传到阴间来的声音。

罗锦绣和宁双，还有那个长头发男人，就这样一动不动地悬在那空中最高点上，头朝下脚朝上，倒控着。

这时罗锦绣和宁双都吓得直想哭，她们忍了一会儿，终于没能忍住，眼泪都出来了。但眼泪不是顺着脸颊淌下来的，而是从眼眶出来，经过上眼睑，流到了额头上，从发梢那里又降落到近二十米远的地面上去了。

罗锦绣心里想，如果这次能活着下去，我一定要热爱生命，好好地生活，那个博士学位不要也罢，甚至忍辱负重地和甘星河过一辈子也无妨。

宁双则想，只要能活着，在大地上平平安安地活着，在哪儿不是一样，为什么非得去美国不可呢？

她们渐渐哭出声来，向下面喊着，快来救我们呀！

下面的工作人员仰着脸安慰着半空中的那三个人，说正在修理，只要安全带系好了，扶手抓紧，就是安全的，请不要害怕。

三个人倒悬在空中，产生了生死相依之感。

坐在罗锦绣和宁双后面的那个长头发男人这时候说话了，他头朝下，眼看着前面那两个女人的后脑勺说：经常头朝下练练倒立可以促进血液循环，尤其对大脑有好处，可以增加大脑供血，从而改善脑部缺氧状况，缓解类似头疼头晕等症状。

罗锦绣和宁双听了这话都没理会他，他接着又自告奋勇要讲个笑话给她们听，不管对方有无反应，他就开始讲开了：从前，有一个地主，这地主有一个女儿，长得奇丑无比。地主家有一大片玉米田，这年快到收获季节了，成群结队的乌鸦赶来玉米地里偷玉米棒子，地主扎了很多个稻草人竖在田里，也吓不跑这些乌鸦。他为此大伤脑筋，后来他终于想出一个好办法来，他让自己的女儿代替稻草人站到玉米田里去了，你们猜怎么着，效果非常之好，乌鸦们吓得再也不敢去偷玉米棒子了，甚至有一只特别胆小的乌鸦还把从前偷去的玉米棒子又悄悄地送还回来了。

故事讲完了，宁双和罗锦绣都笑起来，为那个胆小的乌鸦送还玉米棒子的结尾。

讲完笑话，那男人又要背诗给她们听，他背道：

我的所爱在山腰
想去寻她山太高
低头无法泪沾袍
爱人赠我百蝶巾
回她什么：猫头鹰
从此三年不理我

不知何故兮使我心惊

我的所爱在闹市
想去寻她人拥挤
……

这时摩天飞轮忽然又动了起来，谢天谢地，来电了。

飞轮顺时针方向旋转了180度，使三个人降落到最低点，变得头朝上脚朝下了。

摩天飞轮及时停住。

三个人全都憋得脸面紫红腿脚空虚，感到天旋地转，他们又在车座里坐了好长时间，直到血液在地球重力之下重新回旋至全身每一个角落，这才从飞轮上下来。

地面踩上去多么踏实平稳呀，大地是值得歌颂的，人一旦离开了大地之母的怀抱，就是不安全的。

她们和那个坐在她们后面的长发男人很快就熟络起来，三个人称得上是患难之交了。

那个男人叫毕非索，听起来仿佛他是毕加索的堂弟。恰好他也是搞油画的。

三个人从动物园出来，一起打的去了一个叫中途岛的酒吧，从酒吧窗子望出去可以看见海。

毕非索要了一杯苏联红牌，是烈酒，可见他很有男子汉气概。罗锦绣和宁双每人要了一杯彩虹鸡尾酒，两个色彩缤纷的杯子端过来时，两个人远远地看着就已经心花怒放；等放到桌上时，让这俩人更兴奋的是，两杯酒顶端的泡沫上都顶着一颗挺大的樱桃。

不知是什么特别品种，那樱桃都快赶上中药丸子大了。它们大致是心形的，红红亮亮，还透明，似乎它们的内部点着一盏小灯；它们质地细腻温润，光可鉴人，雍容华丽得都不怎么像真的了。

一颗樱桃上面用细竹签插了纸叠的小小蝴蝶，另一颗上插的是小小的纸绣球。宁双抢走了那个插纸绣球的，她认为那个好看。

彩虹鸡尾酒里面分三层，最底下一层是黄色的，中间一层是红色的，最上面一层是蓝色的，度数越往上越高；吸管插到杯子底部，从底下开始一点点往上吸，刚喝时是微甜的，再喝下去就有点苦了，等到黄色红色两层都喝完了，该喝蓝色层时，竟成了苦不堪言。

后来罗锦绣又要了冰激凌，嘱咐侍应生别忘了往上面放颗樱桃。宁双也跟着点了一杯冰治，也嘱咐要在上面放一颗樱桃。最后两个人的冰激凌和冰治都剩下了三分之二容量在各自的杯子里，她们只是没忘了吃那颗樱桃。

罗锦绣后来的那颗樱桃是费了好长时间才总算吃掉的，她有些舍不得，怜香惜玉起来。她只是把它拿起来在嘴唇边挨一下，再放到杯子边上去，并不真的用牙去咬，那其实不是在吃，而是在跟那樱桃接吻。她说，一颗冰樱桃。

独角兽丛书

DuJiaoShou

冰樱桃

7

82-83

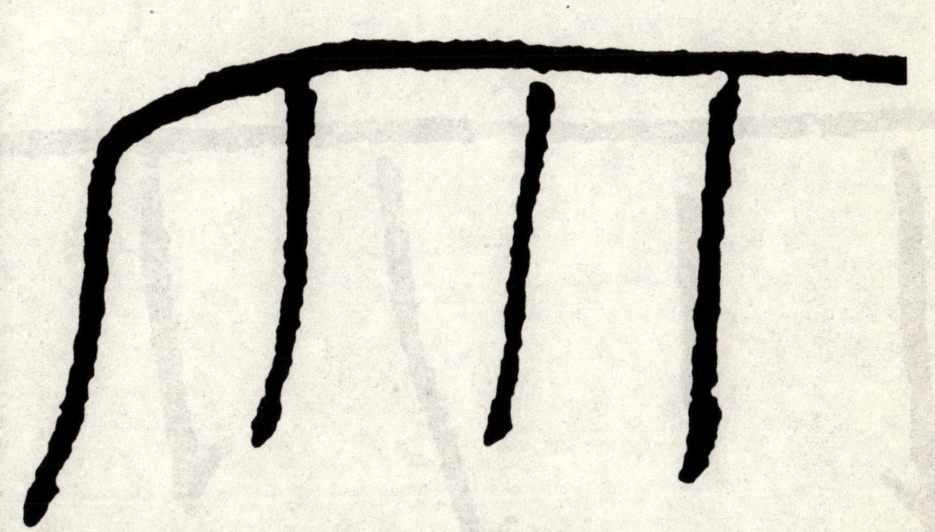

8

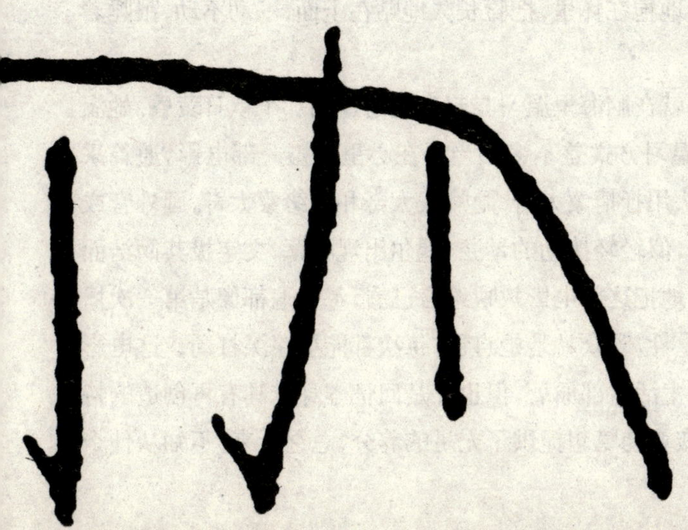

罗锦绣一直保留着赵良蛙给她寄植物种子的那些小型邮政专用纸箱，那种中国大地上任何一个地方的邮政局都能提供的纸箱，统一规格和型号，上面有绿色的标志图案。纸箱上面的收寄名址是用签字笔写的，字体又高又瘦，颇具骨感，颜色是黑的，看上去就像赵良蛙本人。

罗锦绣常常把那些纸箱拿出来看，一看就是大半天。她伸出手来抚摸那些字，一笔一画地抚摸，抚摸它们的胳膊和腿，它们的头和躯干。她觉得这样不停地抚摸下去，那些字们就要变活了，就要动起来了，就像小时候玩过的那种挂在墙上的可以用线牵动的纸板活动人形一样。她有时候会把小箱子突然地抱在怀里，把脸长久地贴在上面，一动不动，跟睡着了一样。

罗锦绣闲暇时就在脑海里温习与赵良蛙邂逅的那个秋日黄昏。她温习了一遍又一遍，温习方式差不多相当于在心里拍摄一部电影，通篇采用散文式结构，镜头用抒情蒙太奇、隐喻蒙太奇和情绪蒙太奇，画外音或内心独白低沉舒缓，似轻轻拨动的琴弦，偶尔出现字幕，文字极其简洁而含义丰富。她默默地把这部电影放映给自己看，每一遍都像是第一次播映，充满激活和原生性，观众就是她自己，每次都能被深深打动。这电影起初还比较忠实于生活这部原著，但也许是回忆本身就具有再创造的特点，要不就是漫漫寂寞为臆想提供了充足的养分，总之后来，不知从什么

时候起，内容逐渐发生了偏离。随着这偏离的不断加重，这种回忆最后竟变成了一种大胆的艺术创作，影片中的夕阳、山坳、吉普车、男人手腕上的石英表、草原、格桑花、暮色、柏油路、小城的灯光全都变得越来越意念化了。这创作经过了一次又一次的修改、补充、润色加工，越来越丰满起来，那个大西北的黄昏具有了一种歌剧吟诵般的格调，最后成了这样的：

影片开映，变焦长镜头中莽莽苍苍的中国大西北，辽阔，荒凉，干旱。随着全景变成近景，整体感觉由阳刚一点一点变得阴柔起来。

同时打出影片手写体标题，标题翻白：大西北之恋。

夕阳很辉煌，像流苏一样缀在西天上。

一辆吉普车正冲着夕阳行驶过来，逆光中，观众透过车窗正面的玻璃看不清楚车上的人，望去只是模糊的两团物体。后来那两团物体开始变得清晰起来，是一张女人的脸和一张男人的脸，男人的肤色能让人想到紫外线和风，他神情很专注；女人正对着夕阳的那张脸有点跟年龄不太相称的幼稚，她的表情是目瞪口呆的，落日如此壮观，没法不让人目瞪口呆。这种目瞪口呆的感受会同时出现在观众的脸上。

女人的一切都给人一种远道而来的印象。

画外音:(应为女声,但音质中性,听上去音调客观,感情很克制)那是秋天,那是一个黄昏。

吉普车是从一个光秃秃的山坳缓缓地向外面驶出去的。它把好几个土黄色山丘抛在了后面。[那种光秃的土黄色山包包,每一个看上去都是独立的,并不给人以"连绵"之感,但由于彼此挨得很近,所以看上去很像联袂演出。这是黄土高原和青藏高原交界处特有的一种地貌,这种山表面是一层被大风吹得十分瘠薄的黄土,底下里面全是石头,加之降水量少,所以寸草不生。]

那似乎是一辆无人驾驶的汽车,无声无息地行驶着。

车里的那个男人和那个女人很少说话, 他们刚刚相识,彼此陌生,但车里的气氛却是温馨的,还有点暧昧,仿佛随时都要发生什么了。可是发生什么呢,这个男人和这个女人,以及观众,都不太清楚。

那个男人手握方向盘,目光平视前方,有时候低头看看左腕上的手表。那是一只表盘呈长方形的蓝色手表,宽宽的银色链子箍在一只男性十足的手腕上。

下面是关于那个男人的手的特写:那两只手放在方向盘上,手很大,肤色挺深,骨节粗大而均称,皮下的蓝色血脉十分清晰,手指上略微有汗毛。这两只手粗犷,同时又文质彬彬。

镜头摇到吉普车后面无人的车座上, 那里堆放着地形图、标尺、支架、望远镜什么的,暗示出这个男人是个野外工作者。

那个女人问,几点了?

男人答非所问地说,还不算晚。

[在西部,天黑得要比东部晚,手表上的指针表示时间其实已经不早了。]

女人内心独白:(注意声音要体现出是独白而不是对白)在东部海滨,在四千里之外,这时候天已经黑下来,路灯亮了。

车子不久就进入旷野,开始加速。

外面的风景看久了就单调了,男人和女人开始断断续续地说话。

男人:你来这里,就是为了采集种子?

女人:采集种子……

吉普车颠簸了一下,男人有点歉意和体贴地看了女人一眼,示意她系好座位上的安全带。

女人继续说:我研究"逆境种植"。

男人:让那些光秃秃的山包包全都长出草和树来?

女人:也可以这么说,不过这只是其中一部分。

男人:我们的工作其实相去不远,有很多相似之处。

女人:是的,地质,逆境种植,都跟大地有关吧,一个在大地里面,一个在大地表面。

男人:都要跋山涉水,千里迢迢,到别人不去的地方去。

女人内心独白:(这里再强调一下,为了区别于对白,独白的声音听上去要显得悠远,这句独白其实是重复男人刚才说过的字眼)跋山涉水,千里迢迢。

看见草原了,草原尽情地铺展开去。

偶尔有不高的白颜色小花摇曳在视线里,又很快消失。

“格桑花!是格桑花!”女人惊讶地喊出声来。她把眼前看到的植物的外部特征在脑子里跟书本上的描述做了对应,认出了它们。

那个男人侧过头去笑了笑,承认了女人的判断。

这时候车子像是突然改变了主意,莫明其妙地拐了一个弯,沿着一条浅浅的内陆河谷开去,渐渐开到一个相对低洼的地方,突然大面积的野花呈现在眼前,像海洋一样。女人惊喜地欢呼起来,向这个善解人意的男人投去感激的一瞥。

吉普车停了下来。

他们下车。

男人:(语调自然而轻松地)把这些花全都送给你。

男人和女人并肩站着,他们没有彼此相望,他们的目光全都投向那些繁星一样的野花。

女人独白,声音俏皮:在这个世界上还从来没有哪个男人一下子送过我这么多的花,送给我一个花的海洋。

两个人俯下身去采花,越采越多,一束一束地捆扎起来。夕阳越来越浓酽,照耀着这片花海和花海里的人。

有那么一个瞬间,男人和女人同时停止了采撷,两人抬起头来,四目相对,他和她都从彼此的目光里感到了某种挑战的意味。

像突然接受了某种神启，男人和女人渐渐靠近，终于相拥在一起。他们开始动作，起初还轻轻柔柔的，后来就变得粗野起来。

他们做爱。

音乐由弱到强，由悠扬至高亢。

在幸福的呢喃和不知所措的呻吟里，镜头不再对着这对男女，而是对准了那些花，那些开放到极致的花——湿润是从薄薄的花瓣开始的，深藏而幽闭的蕊张开了，仿佛向着狂风和烈日张开来了。那些花蕊的柱头和花瓣一起颤抖着，沾着的花粉细细碎碎地摇落和飞扬，那些花们看上去既快乐又疼痛，快乐和疼痛难以分开。

［幸福的呢喃和不知所措的呻吟还在继续。声音像是那对男女发出来的，又像是花们发出来的。］

女人的内心独白，像叹息一样的声音响起来，听上去非常安详：大西北，我遇见了你，我认出了你，我越走越远，就是为了走失，为了迷路，为了在迷失中找到你；大——西——北——，内心需要多么丰饶才能抵御得住你的荒凉，激情的潮水多么汹涌才能缓解你的干渴，多少平方公里的绿色和温情铺展开来才能覆盖住你的辽阔啊。

吉普车继续行驶。车里先前凡是空闲的地方现在全都堆满了花，甚至在男人和女人之间也放着两个大大的花束;花束把两个人分开来,他们几乎看不见对方了,也不再说话。

吉普车颠簸得厉害起来,车里的人、物品、还有刚采的鲜花全都跟着一起颠簸,那些花在颠簸的时候产生了一种如梦如幻的效果,狂乱摇曳的花和男人女人的脸庞叠印在一起。

终于一条窄窄的柏油路出现在前方。

落日终于变得越来越惨淡了。后来暮色真正降临了。

远处出现点点灯光,那像是这个星球上最后一座小城的灯光。

就到了分手的时候了。

吉普车减速,开得很慢很慢,像男人和女人此时的心情,有点抑郁。

女人内心独白:(语调急切,显得有些绝望;语速很快,快到无法停下来)我知道我在大西北,什么也没有见到,除了你,我什么也没见到,在我眼里,你就是大西北,大西北就是你。再过十二个小时,我就要离开,四千里,从东到西,从西到东,茫茫人海,人海茫茫,当我想念你的时候,我只能去地图册上找你。我回到那个东部沿海城市要做的第一件事情,就是去书店买一本地图册,我要在上面找到这个僻远的西部地区,找到这个县,找到这个秋天的黄昏我们相遇的山坳,我们走过的路线,我要找到那个有花海的河谷,找到我们的肉体一起挨过的那一小片草地,我要在上面用红笔做上标记。我有留下来的理由,也有必须离去的理由,你可以跟我一起走,可是你不能走,我们再也不会相见了,我们甚至会把彼此忘记,什么也没有发生过,只有时间在流逝；我们很快就会变老，这一生很快就会过去……

罗锦绣脑子里的这部电影越来越细腻越来越生动，她是原著作者兼编剧兼导演兼女主角兼灯光兼摄像兼主题曲作者兼音响合成兼制片人兼剪辑兼审查官，还有兼观众，兼评论家，最后她还要[illegible]颁发一个大奖，比如就是奥斯卡奖吧，而[illegible]那个最佳女主角奖。

罗锦绣的心思就这[illegible]

她一走进实验室就[illegible]温状态下张开来的小花们在用淫逸之声[illegible]

快来爱我吧
我是一朵花儿
快来爱我吧
我正在开放

罗锦绣给这四行句子配上了爱尔兰歌手恩雅的那首《加勒比蓝》的曲调，她觉得那如梦如幻的叹息和起起伏伏的轻柔很适合这些花们心里的某种想法。歌曲在高大宽阔的实验室里反复播放，有时是独唱，有时是齐唱，罗锦绣任指挥。

她还常常像个怀春的古代闺秀那样坐在宿舍窗前，看着窗外的灰色树杈，发呆或者叹息。这个冬天多么漫长啊。这个漫长的冬天多么让人惆怅啊。她把长头发编了起来，又试着在辫梢上系各种各样的小饰物。有一天她在学校门口的小摊上发现了一种图案古典色彩缤纷的软陶，圆的、扁的、长的都有，每一个的中央带着一个小孔。她买了一大堆这样的软陶和一些细细的皮筋回来，没事的时候，她就坐在窗前摆弄这些东西。她先是用一根长皮筋把很多软陶穿起来，做成彩练挂在胸前，后来又把长皮筋剪成短短的小截，每一小截皮筋上串上一个到两个软陶，系成环形，以备往辫梢上套。罗锦绣感觉自己是在做女红，一个当代女性的女红，不是缝纫，不是编织，不是刺绣，而是用线串起她认为好看好玩的东西。她明白古代的女子为什么做女红了，除了实用目的之外，这还是她们的心理需要。她们把美丽而隐秘的心思通过某种具体的手工方式表达出来，使精神状态变成了物质状态，这种表达情感的方式和结果让人感到心安理得。

当一场纷纷扬扬的大雪降临这个海滨城市的时候，罗锦绣开始给赵良蛙写信。她在信里描写了这场大雪，这场大雪怎样降临在蓝色海面上，怎样覆盖了棕色礁石，以及红屋顶在白雪里半露半掩着，有多么好看。最后她说，今年冬天这场雪太大了，都快封住家门了。除了谈雪，其他内容什么也没写。最后她把这封充满景物描写的信塞进了邮筒。

赵良蛙的回信来得很迟，等罗锦绣收到的时候，差不多到期末了。

赵良蛙在信里解释说，近来他们那个地质队一直在进行野外勘测，等返回驻地才看到罗锦绣的信，从邮戳上的日期看，信已经到了半个月了。赵良蛙在信里用很热情的笔调描写了大西北的冬天，跟罗锦绣一样，那也是一封充满景物描写的信。

他们在信里继续着这种两地景物描写，渐渐地，从冬天描写到了春天。

他们就这样借景抒情，或者说寓情于景。有一个字两个人都在回避着，但是那个字却已经无处不在了，甚至他们信中的每一个字其实都是那个字的影子了。到了他们这个年龄，那个字已经很难像少男少女那样张口就喊出来了，那个字很沉，在心里低回盘旋，每一道笔画都清晰可辨，却难以说出来。

那是一个“爱”字。

有一天午后天阴得厉害，罗锦绣的心情也有些抑郁。她坐在窗前，望着灰灰的天，提笔给赵良蛙写信。她想到那个传说中的林桑柳和郭生一辈子只相见了一面，第二面林桑柳只得以匆匆瞥了郭生一眼，而郭生没有瞧见林桑柳；罗锦绣和赵良蛙迄今为止也是只见了一面，第二面还不知在哪里。她写了“赵良蛙”三个字之后就不知写什么了，她觉得无论写什么都不是她最想说的，她最想说的意思却找不到合适的语言。后来她哭了，莫名其妙地就哭了。她哭着又在信纸上写了一个“赵良蛙”，后来边哭边写，一个赵良蛙又一个赵良蛙，紧挨着并排着一往无前地写了下去，最后把写完的那整整一页纸塞到信封里去，贴上了一张八毛钱的长城邮票。

不久大西北的赵良蛙就会收到一封很奇怪很要命的信，信是这样写的：

赵良蛙赵良蛙赵良蛙赵良蛙赵良蛙赵良蛙

赵良蛙赵良蛙赵良蛙赵良蛙赵良蛙赵良蛙赵良蛙赵良蛙赵良蛙
赵良蛙赵良蛙赵良蛙赵良蛙赵良蛙赵良蛙赵良蛙赵良蛙赵良蛙
赵良蛙赵良蛙赵良蛙赵良蛙赵良蛙赵良蛙赵良蛙赵良蛙赵良蛙
赵良蛙赵良蛙赵良蛙赵良蛙赵良蛙赵良蛙赵良蛙赵良蛙赵良蛙
赵良蛙赵良蛙赵良蛙赵良蛙赵良蛙赵良蛙赵良蛙赵良蛙赵良蛙
赵良蛙赵良蛙赵良蛙赵良蛙赵良蛙赵良蛙赵良蛙赵良蛙赵良蛙
赵良蛙赵良蛙赵良蛙赵良蛙赵良蛙赵良蛙赵良蛙赵良蛙赵良蛙
赵良蛙赵良蛙赵良蛙赵良蛙赵良蛙赵良蛙赵良蛙赵良蛙赵良蛙
赵良蛙赵良蛙赵良蛙赵良蛙赵良蛙赵良蛙赵良蛙赵良蛙赵良蛙
赵良蛙赵良蛙赵良蛙赵良蛙赵良蛙赵良蛙赵良蛙赵良蛙赵良蛙
赵良蛙赵良蛙赵良蛙赵良蛙赵良蛙赵良蛙赵良蛙赵良蛙赵良蛙
赵良蛙赵良蛙赵良蛙赵良蛙赵良蛙赵良蛙赵良蛙赵良蛙赵良蛙
赵良蛙赵良蛙赵良蛙赵良蛙赵良蛙赵良蛙赵良蛙赵良蛙赵良蛙
赵良蛙赵良蛙赵良蛙赵良蛙赵良蛙赵良蛙赵良蛙赵良蛙赵良蛙
赵良蛙赵良蛙赵良蛙赵良蛙赵良蛙赵良蛙赵良蛙赵良蛙赵良蛙
赵良蛙赵良蛙赵良蛙赵良蛙赵良蛙赵良蛙赵良蛙赵良蛙赵良蛙
赵良蛙赵良蛙赵良蛙赵良蛙赵良蛙赵良蛙赵良蛙赵良蛙赵良蛙
赵良蛙赵良蛙赵良蛙赵良蛙赵良蛙赵良蛙赵良蛙赵良蛙赵良蛙
赵良蛙赵良蛙赵良蛙赵良蛙赵良蛙赵良蛙赵良蛙赵良蛙赵良蛙
赵良蛙赵良蛙赵良蛙赵良蛙赵良蛙赵良蛙赵良蛙赵良蛙赵良蛙
赵良蛙赵良蛙赵良蛙赵良蛙赵良蛙赵良蛙赵良蛙赵良蛙赵良蛙
赵良蛙赵良蛙赵良蛙

上面写了一百九十八个赵良蛙，一百九十八个赵良蛙全都身高一米八，站在那里列着方队，齐刷刷地正步走，排山倒海一般地涌过来涌过来。这就是信的内容。

罗锦绣把信扔到邮筒里去的时候，觉得自己有些在冒傻气了，但她还是一松手就把信扔了进去。她望着那绿邮筒发了一会儿呆，忽然有点羞涩地想起来，《红楼梦》里的那个龄官就曾在庭园里用小木棒在地面上写下无数个贾蔷的“蔷”字，对刮风下雨已浑然不知。

9

终于有一天孔蝶对罗锦绣说，她决定从某年某月某日起忘掉董力了，谁也休想再从她的嘴里听到董力这两个字。她想赶快找个男人结婚，像抛股票那样找个最高点及时把自己抛出去。

罗锦绣想想也是，孔蝶只要一天不结婚，我们这个社会就会多一份不安定因素。

孔蝶拜托罗锦绣替她物色人选。

罗锦绣想到了那个杨某某，张口就说，那个杨什么来着，是叫杨胜利吧，我看他对你可真有耐心，他简直是特殊材料造成的。

没想到孔蝶马上把白眼球变得比黑眼球多地说，那算什么，曾经，董力对我的耐心足以使金刚石也能变成橡皮泥，从前我的脚趾甲都是董力给我剪，我和董力一起吃饺子，我不爱吃粉丝，他就将饺子馅里的粉丝一根一根地挑出来呢。

她刚刚发誓以后连董力的名字也不再提起，就又开口董力闭口董力的了。

她停顿了一下接着又叹息道，杨胜利那是长什么样啊，他若站在董力身边，连做个提箱子的仆人都不配呢；再说了，这人太粗，看上去像个装卸工，不像董力那么有书卷气。董力的父母都是上海一所重点大学的教授呢，姨妈还在加拿大做律师。我很看重一个人的文化背景，不能门不

当户不对。

对于这样高尚的人生追求，罗锦绣还有什么话可说呢？她前不久才在学校大门口碰见过了孔蝶那从县城来的萎萎缩缩的双亲。她父亲看上去像个开杂货铺的小老板，她偏偏要说他是一个超市总经理，她说母亲是县师范的副校长，可怎么看都像个卖馒头的。

罗锦绣想孔蝶骨子里那种对于文化而且又是表层文化的盲目崇拜，大约就是来源于自己出身的根本没文化吧。

罗锦绣把孔蝶的悲惨遭遇讲给了童金铃听，让童金铃帮忙给孔蝶找对象。她这样做并非出于热情，相反而是出于自私，她是想把孔蝶这个老是赘着自己诉苦的师妹当个包袱赶快推出去，免得自己老受烦扰。

如今罗锦绣在自己的小屋里头一听到外面有敲大门的声音就发抖，老担心孔蝶要来找她谈论董力和她的终身大事，像静坐那样谈到凌晨两点也不走。孔蝶她自己的毕业论文才写了个开头，她也让别人写不成。罗锦绣已经被她害得少写了不少字，害得睡眠不足，逼得她想出了许多躲避这个师妹的办法。

比如有一次孔蝶刚进门，罗锦绣就急中生智，说自己顶多再过一刻钟就得出门了，已经跟别人电话约好了，一起去医院看望一个生病的朋友。为了表示自己真的要出门，罗锦绣便做出了一副正准备出门的样子，对镜梳妆打扮了一下，换下拖鞋，穿上皮鞋，裹上厚厚的防寒服，戴上了帽子,围上了毛围巾,背上了坤包,孔蝶只好跟随全副武装好了的罗锦绣下楼去了。两人走到了两个院子之间的马路上,罗锦绣盼着孔蝶朝着校园方向赶紧走掉,以便自己好原路返回,上楼回到自己屋子里去,继续写毕业论文。可是孔蝶偏偏不肯快点离去,而是一边唠叨着她那老掉牙的爱情故事,一边耐心地陪师姐站在路边等出租车,弄得罗锦绣的心里恨恨的,老想冲着眼前这个不识趣的女自恋狂大声地喊出心中的烦闷来。当一辆出租车开过来时,罗锦绣只好挥手让车停下来,硬着头皮上车了,孔蝶这才放心地离去,朝着校园里面走了。罗锦绣望着她离去的背影长长地吐出一口气来,可是她既然已经拦了车坐了上来,司机把车发动了,向前一下子驶出去百十米了,便没法不付钱就马上下车,只好自作自受地坐着出租车围绕校园转了一圈,又回到了原地,付给司机十元钱。那司机感到很奇怪,这个乘客坐车只是为了围着学校围墙转一圈兜兜风。罗锦绣回到宿舍,又把全身行头一一卸了下来,这才坐到电脑前面写论文,可是她一个字也写不出,憋了一肚子火,只想骂人。

最后罗锦绣甚至萌发出了到校外租房子住的念头,她已经和宁双商量过了,看看要不要在那个干休所院子里再物色一套价格适中的可出租的房子。

罗锦绣多么盼望孔蝶赶快找上个固定男友,把自己早一天地嫁出去啊,她比孔蝶自己还要着急。

童金铃接下罗锦绣托付的给孔蝶找对象的事情,又把此事当做一顶光荣任务交给了那个与她来往甚密的在省委工作的副厅级官员兼作家长江。长江不辱使命,两天之内就兑和来一个他的哥们儿,一个叫韩柳的写散文的三十出头的男人。这名字挺有意思,容易让人想起韩愈和柳宗元,似乎这个人是唐宋散文八大家的集大成者。据说此作家正在倡导一种“交响乐散文”，其著作虽不能等身，也总算可以等到膝盖了，应该是具有孔蝶要求的所谓文化了吧。

孔蝶很痛快地答应见见韩柳。她说自己小时候的理想就是当一个作家，如果不是高中时的那个语文老师长得太丑，以至于使自己失去了对于语文课的兴趣，她说不定就报考文科了，说不定现在已经也是个作家了。

孔蝶对童金铃表示了谢意，并让童金铃这个学文的人判断一下她看上去是不是也很具有文科学生的气质。童金铃表示了肯定，孔蝶听了就非常高兴。

罗锦绣明白了，在一般人心目中美女都应该是学文科的才更像回事，美女应该与文学有不解之缘，美女不会像自己这样，总是与分子式、土壤、沙子、树苗、百分比浓度肌肤相亲。

见面那天，孔蝶罗锦绣童金铃长江韩柳五个人在一起吃了一顿饭。孔蝶准备了一大堆文学方面的问题向韩柳请教，第一个问题“什么是文学？”就把韩柳这么深资的作家给问倒了，长江也一下子答不上来，逼得两个男人只好拿高尔基的“文学就是人学”来搪塞。最后一个问题是让韩柳回答一个作家应该具有哪些素质，韩柳回答了，长江又做了些补充，童金铃也不时地插话，逼得罗锦绣在旁边听了一场关于人生与文学的讲座。孔蝶望着韩柳和长江的眼神就像望着一个辉煌的夙愿。

长江属于那种具有一副才子相的男人，远远看去有些像青年时代的郭沫若。可惜他已经结婚了，要找丈夫，他不在考虑之内。韩柳比长江年轻了不少，长相却显得差了点，这些年大概是写作太累，婚事耽搁了，好端端的一头黑发也已经从头顶部分开始脱落。他说刚从某个广告上得知一种治脱发的特效药，一百元一盒，五盒一个疗程，这样一个疗程需花五百元，而一套《鲁迅全集》也是五百元左右，他还没有最后拿定主意究竟是买药呢还是买书。孔蝶在旁边听了这话，脸上似笑非笑的样子。

一个月后韩柳打电话来，说孔蝶和他通了五六封信，寄过一篇小文让他推荐发表，但最近突然不肯与他交往了，他寄给她的信和打给她的传呼全都没有回音了。

罗锦绣心里想，那不奇怪，肯定是因为人家孔小姐改变了主意，又不想当作家了。

又过了一阵子孔蝶开始经常地领着一个留络腮胡子的男人到罗锦绣那里去了，说是他对在沙漠戈壁滩种草种树这个伟大而悲壮的课题很感兴趣，要与罗锦绣交流一下，另外还对考古感兴趣，顺便也向学历史的童金铃请教。

罗锦绣看着那个毛茸茸的男人，感到像见到动物园的一只高原牦牛，他长长的头发和长长的胡子已经生长得连接到了一起，弄不清究竟是头发一直长到了脸上，还是胡子一直长到了头上。

据说这个大胡子或曰长头发是本校哲学系新调来的老师，本科念的是微生物，硕士读的是欧美文学，博士读的是哲学，现在正在凭个人兴趣致力于考古的研究。他可真是一个百科全书啊。求知欲强的女人可以找这样的男人结婚，那样家里就不必买像《辞源》、《辞海》那样的工具书了，电脑也不必上网去查资料了，一本大活书就生生地摆在眼前，随时可以翻阅。

看得出孔蝶对这个百科全书十二分地崇拜，他们俩之间的那种亲昵像水渗进土壤那么自然而然那么天衣无缝，使罗锦绣想到冰冻三尺并非一日之寒。

孔蝶指着罗锦绣，对百科全书说，她就是我常常对你讲起的那个大我六岁的师姐。

罗锦绣听着孔蝶说自己比她大六岁，感到很是有趣，她明明知道她们之间相差了不怎么到五岁，但罗锦绣并没有反驳。孔蝶把她说得年纪大些，是为了显得她自己更年轻更活泼，在爱情方面比身边别的女人更有价值，在男人那里比别的女人更有优势些。有的女人活到一定份上，比别人年轻上像指甲盖那么一丁点儿，也可以成为炫耀的资本了。罗锦绣觉得孔蝶就是说她比她大三十岁也没什么了不起，她也懒得去说什么。她想，我又不是美女，也不打算去做美女，老上几岁与年轻上几岁又有什么差别；再说了，我的实际年龄是一个客观存在，决不会因为你的主观愿望而发生变化，我不会有任何损失的。

孔蝶还说她自己其实应该管那大胡子长头发百科全书叫叔叔呢，因为他比她大了接近八岁，她还是二十多岁呢，他正在往四十上数，如果一个十岁的孩子遇上一个十八岁的小伙子，不叫叔叔又叫什么呢？

罗锦绣听到二十九岁半的孔蝶说自己二十多岁，禁不住替她捏了一把汗。也是呀，她现在二十九岁拐了弯了，该是二十九岁半了吧，就是还不到三十岁嘛，当然仍然属于二十多岁这个范畴。从科学角度来看，是没什么错的，有的女人把自己的年龄精确到了秒，那种不愿长大想让全世界的人都来宠爱她的愿望真是强烈得可以了啊。

孔蝶私下里征求罗锦绣的意见，问她对百科全书这个人印象如何。

罗锦绣说，印象嘛，嘿嘿，哈哈哈，嘻，嘻，嗯。

这就是罗锦绣的回答。

孔蝶带着一种爱上一个人的那种喜悦与苦闷，还有置腐朽伦理道德于不顾的勇敢姿态告诉师姐，她与百科全书心心相印，但对方是个有妇之夫，他们打算冲破世俗阻力，走到一起去。

她还告诉罗锦绣，对方的夫人是那种很没有风情的女人，跟一个搪瓷缸子一样没有风情，她一点儿也不理解丈夫的事业，就像一只南瓜对一部电视剧那么不理解。百科全书曾在法国待过两年，骨子里是一个很浪漫的人，跟这么一个女人生活在一起真是像遭凌迟一样痛苦。

罗锦绣只有祝天下有情人终成眷属。

一个大雪天，罗锦绣正在家里看书，百科全书找来了，她很奇怪他怎么不和孔蝶一起来，而是一个人来了。

近来罗锦绣总是看见这个男人和孔蝶形影不离，比夫妻还像夫妻，她的视觉已经适应了他们两个人同时出现，而不太适应其中一个人单独出现了。百科全书的家住校外，又不坐班，但她感觉自己只要下了楼，穿过马路走到校园里去，差不多都有可能在校园某个角落碰见他。他不是和孔蝶一起刚刚从那青年公寓楼里出来，就是正和孔蝶一起往楼里走。有好几次他一个人两手拎了大包小包的蔬菜水果肉类往青年公寓那个方向走，像一个模范丈夫下了班赶着回家做饭。百科全书看来总是待在孔蝶那里，连节假日也不例外，他的夫人还留着这么个丈夫做什么用呢，连做个摆设都做不了啦，还要他干吗呢？

百科全书手里拿着一大块布料，还有一只崭新的自动暗锁，说是已约好了要来帮孔蝶安装窗帘和暗锁的，没想到她不在，又没处可去，就顺路到罗锦绣这里来坐坐啦。

他坐下来便开始讲述，安装窗帘和暗锁都是他的主意。孔蝶门上的锁是把明锁，屋里有没有人一看便知，装上暗锁就不同了，外面敲门，屋里即便是有人也可以装做没人，可以不去开门，这样可以带来许多方便。他实在不愿意在孔蝶跟别的男人在床上时，去打扰他们，弄得大家彼此都尴尬。孔蝶这个人也太不注意了，上星期跟不知哪个系的一个小男生躺在床上，百科全书一推门进去就看见了，进也不是，退也不是。后来才知道孔蝶屋里鲜花不断，都是这小男生送的。这小男生在一家花店勤工俭学，骑自行车帮着走街串巷地送花，有时难免要小偷小摸几枝小花小草的，攒够了一束就到孔蝶那里去献殷勤。有时还跟花圈上写挽联一样在那花束上留一张小小芝麻卡，写上“献给敬爱的孔老师”——兴许孔蝶的确是给人家小男孩上过课的——都上了床了，还敬爱的呢，还孔老师呢。另外，孔蝶屋里的窗帘又小又窄，而且已经像凋谢的花环那样耷拉下来了，还常常忘记拉上，离得很近的对面的男生楼上有了传言，说有一次清楚地看见在这幢楼六楼第几个窗口有男欢女爱的镜头，说的正是孔蝶那间房子，所以要给她换上一面大窗帘。

什么关系的男人可以为一个女人做事做到如此份上呢，为她和别的男人幽会做好后勤工作？

罗锦绣对百科全书说，难道你不在意吗，既然你和孔蝶那么要好，也许，还要结婚？

百科全书马上声称自己在法国待过两年，在这方面特别西方化，完全不会有中国男人那样的死脑筋的。接着他又分析道，他和孔蝶是不可能结婚的，即使他为孔蝶离了婚，孔蝶也不可能和他结婚，因为孔蝶是那种喜欢把自己的未婚身份保持到再也不能保持的地步的人。她非常留恋自己这种待字闺中的境地，随着时光的流逝，她甚至认为这是自己作为一个女人优越于同龄女人的地方；她还会拿着这一点到男人那里去不断地试用，每接触一个新的男人就像在拍卖市场上听到一个新的报价，跃跃欲试，但总是舍不得出手，待价而沽本身就给她带来了快乐，连其中的烦恼也是值得玩味的。这种女人其实很不自信，她不知道女人还有别的方面的价值。她也不是反对婚姻，相反她迷信婚姻，并把婚姻当成实现梦想的极重要的手段，她永远在等待时机，直到把真正的时机错过，然后就悔恨不已，比如董力就是被她这样错过去的，然后她就后悔得死去活来了。

百科全书条分缕析地对孔蝶解剖了一番，接下来又非常认真地告诉罗锦绣，据来自青年公寓走廊上的邻居们提供的可靠情报，并不是董力抛弃了孔蝶，而是孔蝶为了进一步让董力明白她的崇高价值，不断地招惹别的男人，故意让董力吃醋，把他引入一场多个男人对于一个女人的争夺战中去，想以此加强董力对自己的感情和占有欲，没想到分寸把握不好，把董力气跑了；当她蓦然发觉时，已经太晚了，发现自己把最想要的东西丢掉了，赢得的只是一些本来就不想要的道具。

罗锦绣承认百科全书说得有一定道理，以他和孔蝶的那种暧昧关系，他对于事情的真相应该更有发言权。

百科全书在罗锦绣那里坐着不走，谈完了孔蝶，又把话题引到罗锦绣身上来了，他一个劲地夸罗锦绣的眼睛长得好看，说那瞳仁那么纯净，像是两汪还没有照过人影的山间的深水潭。

他说这些痴憨的废话的同时，呆呆地盯着罗锦绣的脸猛看，一秒钟也不肯将目光挪开，弄得罗锦绣很不自在，就低下了头。

没想到罗锦绣这个很自然的本能的反应反而使得眼前这个男人更加兴奋起来，他马上又评说罗锦绣的这个神态女人味十足，对男人很有撩拨作用。

这下子罗锦绣生气了。

她干脆抬起头，瞪大了双眼，直直地盯着百科全书的那张脸肆无忌惮地猛看起来。她的目光既戏谑又死气白赖，既挑逗又带着强迫，她的脸上挂着微微的笑意，毫无羞涩；她死盯着百科全书看呀看，一直不停地看下去，连眼睫毛都不眨，她的目光的穿透力像要把这个男人的衣服剥个精光，露出他最隐秘的地方来瞧上一瞧。她就这么无休无止地看下去了，丝毫没有松懈和罢休的意思，直把百科全书看得畏缩了，收敛起目光来，慢慢低下头去。

原来男人都是纸老虎。

罗锦绣赢了，她调戏了这个本来想怎么着她的男人，她没想到自己身上还蕴藏着这么充沛的邪恶的力量。

百科全书临走时，对罗锦绣连连点头说，你是女中豪杰，你是女中豪杰。

终于有一天发生了很奇特的事情。

这天晚上孔蝶不在，三个男人就都跑到罗锦绣这儿来了：百科全书，杨胜利，送花的小男生。

三个人都来找孔蝶，而孔蝶又不在，便都找到罗锦绣这里来了，都说来看看孔蝶是否在这里，看到孔蝶不在，又都说坐在这里等一会儿，等孔蝶回来。

那小男生是第一次来罗锦绣宿舍，他说早就听孔老师说过，如果她不在宿舍，那么八成就是在师姐那里呢，还说在校园和教工宿舍区之间的马路上，可以看得见罗锦绣的窗子，是那幢有红尖顶的旧楼房从西边数顶楼第四个窗子，这就等于把罗锦绣的住址告诉了他。

小男生高高大大，但满脸稚嫩，像是打了催长剂而长得体积偏大的塑料棚里的瓜果，他的头发是鬈的，看上去像是脑袋上顶了一盆波斯菊。

不知他到不到二十周岁。

在两个比自己年长的情敌面前，小男生脸上的表情是优越的和当仁不让的，还有点嚣张，他把好战一笔一画地都写在了脸上，一看就知道是个还没见过虎所以不怕虎的初生牛犊。

三个人一起坐在罗锦绣的屋子里了，罗锦绣的屋子成了信访办公室的接待站。

罗锦绣在心里想，自己实在是应该向这些男人们收费的，火车站寄存包裹还要收费呢，何况她这里寄存的是大活人；如果收费，那就按小时计，每小时五十块钱。

孔蝶这个人也真是的，为了避免男朋友们撞车，怎么就不安排得巧妙些呢，比如可以给他们像排值日那样排好晤面日期，这个星期一三，那个星期二四，另一个星期五六，留下星期天给自己处理个人事务。

三个人干坐在这里怪难受的，罗锦绣便给他们每人找了本杂志看。三个人都心神不宁，竖着耳朵倾听楼梯上的动静，觉得孔蝶说不定一会儿就来这里找师姐了。明知孔蝶即便来了，也不可能三个人同时接见，但谁也不想先退出去，就那么齐心协力地干挨着干耗着。

杨胜利和百科全书隔上那么五分钟十分钟就往孔蝶宿舍里打一次电话，看看她回来没有。他们各人打各人的，并不借鉴对方的信息。杨胜利是用自己的手机打，罗锦绣屋子里没装电话，百科全书就去对面童金铃屋子里借电话打。

那个送花的小男生不打电话，而是不辞劳苦，每隔上一小会儿就捺不住地下趟楼，穿过马路，到校园里的青年公寓楼上看看人来了没有。他跑得气喘吁吁，罗锦绣感到好笑，何苦一趟又一趟地跑，还不如直接堵在孔蝶那幢楼的楼梯上或者房间门口多么好。可是后来罗锦绣发现小男生每次跑出去再回来，人未到声先闻，总是问“来了吗？”原来他是怕孔蝶外出回来后先不回自己宿舍，而是直接到师姐那里玩，那岂不是让另外两个男人捷足先登占了先？小男生两边同时惦记着呢，只好跑来跑去的。

后来杨胜利问罗锦绣有没有扑克，建议这么多人可以打勾级。罗锦绣倒是头一次听说情敌们可以在一起玩扑克。不过很遗憾，没有扑克，罗锦绣也失去了一次观看鸿门宴或斗蟋蟀的机会。

百科全书又提议看影碟，并从自己书包里掏出一张来，问可不可以在罗锦绣的电脑上放，还说是一个百看不厌的片子。罗锦绣答应了。于是就把那张叫做《本能》的盘放进了电脑主机里面，很快上面就出现了做爱的镜头，全裸。

百科全书马上说，儿童不宜，然后很明显又是对屋子里另两个男人在说，未婚的人也不宜观看。

那个送花的小男生听了这话很不服气地反击道：我在法律上和心理上是未婚的，但在生理上是已婚的！

在生理上是已婚的。那小男生在喊出这句话时表情是无比豪迈的，仿佛不如此就没法证明自己是个男子汉。

罗锦绣不禁想到，人家孔蝶在生理上也是已婚的，而且还算得上已婚多次了。

DuJiaoShou

冰樱桃

9

112-113

10

学校里放寒假了，这是罗锦绣他们那级学生在校期间的最后一个寒假了。

罗锦绣要回东北老家和妈妈圆圆她们一起过年，拿到返家的火车票那天，她去宁双那里辞行。

一进门她就发现屋子里四处张贴的英语单词都撕掉了，桌上的英语资料也都不翼而飞，英语磁带也都毁尸灭迹，总之有关英语的一切全部消失，完全、彻底、干净、利索，不留一点痕迹。床底下的中文书重新占领了原先的位置。

罗锦绣什么都明白了。

宁双的美国梦这么快就破灭了，看来她是没有希望去太平洋彼岸写怀乡诗了。

宁双主动地说，我去不成美国了。

罗锦绣轻描淡写地说，那就不去了呗。

罗锦绣什么也没有问，她觉得没什么好问的。她觉得宁双恐怕也没什么好说的，不就是那边不愿意这边嘛，有什么了不起的；只因为那个人在美国，他就可以随心所欲地挑我们，只因为我们在中国大陆，就无怨无悔地让人家挑，不去也好，那就留下来好好建设有中国特色的社会主义吧。

宁双笑了笑，笑得很踏实，并没有要说什么的意思，看来她真的是没什么好说的。

宁双的桌上端端正正地摆了一张温馨的彩色信纸，旁边放着一支笔，远看过去那信纸左上角似乎已经写下了一个称呼和冒号，在罗锦绣进来之前，看来她正准备写信。

她说，我正准备给毕非索写一封信，就是我们在动物园里认识并一起去过中途岛酒吧的那个画画的长头发男人。我和他后来又单独见过一次，是他打传呼向我借一本外国画家的传记，正好我有那本书，就约好地点把书给他了。我了解到他正好属蛇，比我大四岁半，忙于事业，至今未婚，不仅是个大龄青年，简直就是个超龄青年。

她又用平静的语调补充道，确切来讲，这是一封求爱信。

宁双从来都是这样，什么事情也不瞒着罗锦绣这个朋友。

宁双和罗锦绣一起来探讨这封信应该怎么写。

宁双认为无论如何她必须在这第一封信里明确表态，写上她爱上了他，她不喜欢拖泥带水，她要一针见血，白刀子进去红刀子出来，行就行，不行就拉倒；她已经三十二岁了，她无论如何也活不上三个三十二岁，她要节约时间。

罗锦绣建议在信中回忆一下那天在动物园摩天飞轮上的险情以及由此产生的相依为命之感。

宁双认为这是可以的，但同时又觉得此信写得结构复杂了并不好，感情炽烈的人往往在思维上变得简单和直截，偶尔语气还有点颠三倒四，而一封构思过于巧妙、内容迂回曲折、遣词造句精雕细琢的情书往往恰恰会泄露感情的虚伪。

罗锦绣悄悄地在心里想，在宁双眼里，她和赵良蛙的那些借景抒情或者寓情于景的信该是多么愚蠢呀。

罗锦绣说，照你这么说，这封信是太难写了。

宁双说，最好写的往往就是最难写的，最难写的其实也是最好写的。

忽然宁双眼前一亮说，有了。

宁双很快从她的书箱子里翻腾出一本旧书来，是普希金的诗体小说《叶甫盖尼·奥涅金》。

她说，在这里面，达吉雅娜写给奥涅金的信，没有比这更好的求爱信了。

宁双想把那封达吉雅娜写给奥涅金的情书抄下来，当成自己写的，寄给毕非索。

罗锦绣只好用无限敬佩的目光望着宁双。

她在心里想，这个叫宁双的女人真伟大呀。

宁双说干就干，立刻在椅子上端坐下来，开始埋头炮制情书。

罗锦绣嘱咐她可别把称呼写成“亲爱的奥涅金”，要写成“亲爱的毕非索”才行。

宁双说，请放心，我没有那么傻。

信很快就写好了，或者说很快就抄好了。信中除了把“你不愿交际应酬，是不是厌恶了穷乡僻壤”这句明显背景不符的话删掉之外，其余一字未动。

宁双用真诚的语调把信从头到尾地念了一遍，她的声音很好听，对感情把握得恰到好处，忧郁，纯真，微微颤抖，既大胆又羞涩，既绝望又满

含着期待,可以去给译制片配音:

亲爱的毕非索:

我在给你写信——还要怎样呢?我还能说什么?现在,我知道,你可以随意用轻蔑来处罚我。除了写信之外,再没其他办法,假如你有丝毫怜悯之心……我求你不要对我置之不理,我爱你,我不得不向你表白,憋在心里,只落得肝肠寸断,我盼望见你一面,只谈只言片语,哪怕一星期只有一次,好让我朝思夜想,想啊想……直到再跟你遇上……假若没有结识你,我就不会害尽相思之苦……我是你的,注定如此,我见你第一眼,就已经知道,我在心里说:'是他了,他来了'……求求你帮我扫除疑虑,也许一切都是泡影,是心魔,也许我的宿命并非如此,而且注定了完全是另外一个样子……可是随它怎么样吧!我的命运从现在起我交给你了,在你面前我流着泪……你无法想像,我现在身似飘零,头脑昏沉,我应当默默地死掉的……写毕此信,不忍重读,纵使羞于启齿,也敢向你表白,因为我知你是正人君子……

念完之后,宁双踌躇满志地把写满字的彩色信笺塞到信封里去了,找到胶水封好,写上地址,贴上邮票,让罗锦绣陪她一起去邮局寄信。

去邮局要经过海边，冬天的海边那么静谧，阳光是纯粹的，路面和沙滩干净得都有些困窘了，不远处的小岛上有灯塔，那灯塔在波涛里屹立了上百年了。两个女人在海边疾走，不由自主地唱起了《让我们荡起双桨》，这首经久不衰永远年轻的老歌使岛城的冬日晌午似乎更加明媚了，她们同时感到身体里那已经接近尾声的青春还是那么激越悠扬。

宁双走得很快，在海风里她的衣裳鼓起来，小短发蓬蓬着，整个的人像是在路面上滑翔，罗锦绣要小跑，才能跟得上她。

罗锦绣在后面追着宁双气喘吁吁地说，这样不太好吧，要是毕非索也读过这本书的话……

宁双说，哪有这么巧，再说就是读过也记不住的。

罗锦绣又说，也许这不是好兆头，毕竟，小说中达吉雅娜被奥涅金拒绝了，我的意思是……

宁双马上打断罗锦绣的话：但是毕非索不会拒绝宁双，不信你等着瞧吧。

DuJiaoShou

冰樱桃

10

11

寒假开学返校后，罗锦绣第一件事就是去看望宁双。

她要告诉宁双寒假里的事，甘星河例行公事地在除夕之夜打来了慰问电话，罗锦绣这才想起自己是结了婚的，还有一个丈夫在非洲。那个男人说他自己再过半年多一点就期满三年，就要回国了。罗锦绣发现自己对这个消息有点莫明的恐惧，似乎是一个对自己有过暗杀企图的人被抓进了监狱，现在他忽然打电话来别有用心地告诉自己说他就要刑满释放了。甘星河走的时候圆圆还不大到三岁，现在已经五岁半了，因为长期缺乏交流，她对爸爸这个概念理解得比较模糊，她认为爸爸也许就是动画片里的一只老兔子或者老鼹鼠的样子，而不是一个男人。只有罗锦绣的妈妈扮演老岳母的角色扮演得很尽力，在电话里对这个女婿说了一筐子温暖的废话。

罗锦绣一进宁双的屋子，就看到了一张又一张还算别致的油画作品。那些油画的末尾都标着同一个名字“毕非索”，由于签名写得潦草，看上去会不小心认成“毕加索”，不过无论如何也不会是毕加索的画，因为毕加索即使签名，也绝不会使用汉语的。

那些油画里有不少画的是女人。凡是画到女人，基本上都是不穿衣服的，乳房上翘，乳头像眼睑一样分成上下两瓣地张开来，中间是黑瞳仁和眼白——两个乳头变成了两只明眸善睐的眼睛；还有两只胳膊全都张开来，举在半空中，露出了腋窝里的腋毛，腋毛被画成像小鸟那样正在展翅飞呀飞；再看那腿，每条腿都分别画成了莲藕，上面一截大藕瓜是大腿，下面一截小藕瓜是小腿，两条腿共四个藕瓜。

罗锦绣看了十来张画，虽然每张的内容和构图都不一样，但是一画到女人基本上都是画成这个样子的，无比雷同，除了这个样子，再也找不到其他的别的样子了。

她忍不住笑了，对宁双说，这个毕非索真是既没吃过猪肉，也没见过猪跑。

宁双说，你在说女人是猪？

罗锦绣说，哪里，我只是在说明一个道理，再说，这个毕非索本来也没把女人当成人来画，本来就是当成猪来画了嘛，他大概是精神动脉硬化了，才如此下笔。

宁双这时突然变得情绪激烈起来，大声反驳道，这是艺术，艺术你懂吗，你是真不懂还是假不懂？

罗锦绣愣了一下，随即恍然大悟，于是笑道，祝贺你，祝贺你们。

原来宁双和毕非索都没回外地父母家，他们一起留下来过的春节。

那本立了大功的《叶甫盖尼·奥涅金》像圣经一样摆放在枕头边，罗锦绣看到了，嘱咐宁双赶快把它藏起来，千万别让毕非索看到书里面的那封信，即使结了婚最好也别让他看到。

宁双对罗锦绣的提醒非常感激，可是想来想去，也没想出个藏书的好办法来，最后决定把那本书送给罗锦绣，认为还是让她拿走最为保险。

为了庆祝这场恋爱，宁双提出她和毕非索两人，还有罗锦绣，三个人凑到一起吃顿饭。在电话里三个人都争着做东，最后这个机会还是被毕非索抢去了，因为他说了一句让地球也能抖三抖的话：我是个男人！

罗锦绣在走出自己的宿舍大门之前，像往常赶去与宁双一起吃饭那样盛妆打扮了一番，在门厅的大镜子前面照来照去。

忽然她望着镜子里的自己，产生了一个匪夷所思的想法：自己打扮得这么漂亮，万一毕非索看上自己怎么办？或者宁双担心毕非索看上自己怎么办？不管怎么说，自己今天去吃饭，顶多应该作为灯泡的身份而去，不应该喧宾夺主了，并且自己还有责任和义务把自己的好朋友宁双陪衬得更加美丽，让她在男朋友眼里光芒四射，这难道不是最起码的道德吗？

罗锦绣经过这么一番周全的考虑，最后把穿好的衣服又脱了下来，翻箱倒柜地找出来一件早已不穿的紫色碎花的中式破夹袄。这夹袄旧得已经洗不出来了，无论洗多少遍看上去也是脏兮兮的，它的面和里子早已与中间那层薄丝棉分了家，穿在身上鼓鼓囊囊的，像个菜肉包子。罗锦绣就决定穿上它去参加这次伟大的宴会。

三个人在约定的餐馆见面了，今天宁双穿了新买的薄呢碎花长裙，仪态像个公主，毕非索精神抖擞，像个异国的王子。

罗锦绣觉得相比来说，宁双的头发过短了，就差露出头皮，而毕非索的头发长可披肩，两人要是同时背过身去，不小心会被人将两人性别正好搞颠倒了。

罗锦绣一身打扮令宁双目瞪口呆。

趁毕非索去洗漱间的时候，宁双指着她的破夹袄，恶狠狠地说：就你我两个人出来吃饭的时候，每次你都打扮得花枝招展，像要去相亲；可是现在有个外人在场了，我们三个人第一次这么郑重地坐在一起，我向毕非索说你是我天底下最好的好朋友，你不知道你自己有多么重要，却穿了这么一身破衣服出来；都春天了，还穿什么袄，你今天到底捣的什么鬼，想拆我的台就请直说！

罗锦绣觉得无比冤枉，想把自己的心理活动全盘托出，又不太好意思说出口，于是就破罐子破摔了：宁双，谈恋爱的是你，而不是我，你要讨好这个男人，而我并不需要讨好他，你要是嫌我穿的衣服不好，丢了你的人，我现在就走。

这时毕非索回来了，两个人赶紧休战。

在餐桌上，罗锦绣实在找不出多少话来说，只好一个劲地谈那次三个人在动物园的摩天飞轮历险记。

宁双往常吃东西抵得上一头小猪，今天不知怎么了，表现得无比文雅，她夹在旁边小碟里的食物一点儿不见少，看上去她只是在跟食物轻轻地接吻，并不真的在吃。

罗锦绣都快看不下去了，心想，如果一个女人在一个男人面前连吃东西都不敢吃了，那这个女人还打算和这个男人在一起过日子，那不是找罪受吗！

毕非索这次大谈油画，尤其是裸体艺术，还有裸体艺术与人类性意识的密切关联，这使罗锦绣不由得想起了童金铃的老公，那个老徐钟。

三人聚会过之后，宁双隔一阵子就要向罗锦绣汇报一下她的恋爱进展。她这次说，毕非索带我爬山去了；下次说，毕非索和我去打保龄球了；再次她说，我和毕非索晚上看完电影后，他把我送回了宿舍；后来又说，毕非索邀请我到他的住处去玩了；再后来还说，毕非索送了我一袋百合茶。

有一天晚上罗锦绣和宁双一起在海边散步，宁双有点迷惑还有点不满地对罗锦绣说：你说，那个毕非索，他是怎么回事，他怎么还不对我那样啊？

罗锦绣说，对你哪样啊？

宁双说，就是那样嘛。

罗锦绣故意做出很费解的样子问，你说的那样究竟是指哪样啊？

宁双生气了，对着罗锦绣大叫，你装什么傻，你真的不知道我说的那样是哪样吗？

罗锦绣这才做出个好不容易明白过来了的样子，点着头说，我知道了，你是指他为什么不对你非礼，为什么不侵略你，为什么不冒犯你，是吧？

宁双很认真地望着罗锦绣，点点头。

罗锦绣说，看来你很希望他赶快对你那样了？

宁双说，也不是，也不是那个意思，而是觉得认识时间也不算短了，单独约会了不下十次了，他说他很愿意和我结婚，可是他对我却一点也不那样，真的是一点也不，越想越觉得不对劲。

罗锦绣说，那好办，他不对你那样，你不会对他那样吗？

宁双急了，叫着说，我有病啊？

罗锦绣说，这有什么，他不非礼你，你就去非礼他，这还不好办！

宁双说，你的意思是让我去勾引他了？

宁双皱着眉头想了一会儿，还是很为难地说，可我具体应该怎么去做呢？

罗锦绣说，我也不知道具体措施，无法向你提供。我是研究逆境种植的，只知道花们要开就开了，开了就有风或者昆虫帮着来授粉了，把雄蕊上的花粉送到雌蕊的柱头上去了，受精之后就结果子了，风和昆虫在这里起了媒介作用。

宁双踱着步子，在思考一个难题的解决办法，她沉吟着：植物们是那样子的，雄蕊，雌蕊，授粉，可是人类不是植物，人类是动物，动物们想那样的时候，是怎么做的呢？这个人人都应该是知道的，可是有的人也许不是不知道，只是木讷了一些，需要像植物那样，有媒介，或者说启发诱导……

宁双忽然对罗锦绣说，我似乎有办法了。

罗锦绣两天之后知道了宁双的办法。

宁双向毕非索提出来要去逛动物园，她说那是他们初次相逢的地方，他们的爱情萌发在动物园里，他们有必要故地重游。

毕非索答应了，于是一起去动物园。

这次的动物园可不像冬天时那么冷清了。春回大地，春天的动物园，从一进门开始就能感到躁动不安，蠢蠢欲动，一股荡漾在空中的荷尔蒙气息撩拨着人的心怀；再往里走更是感到整个动物园都在吱哇乱叫地折腾，动物们都在发情：孔雀为了吸引异性在开屏，黄鹂婉转地鸣叫着求偶，两只猴子公开地耳鬓厮磨，两只波斯猫正缠绵地搂抱在一起，一只羚羊压在另一只羚羊身上……所有这些都让人看着脸红心跳，呼吸急促，这是多么生动的活的教科书啊！

宁双走着走着不自觉地就把身体倚到了男友的身上，走到一个僻静的小山后面，他们已经靠得很近很近了，像两贴膏药那样粘在了一起，甚至能听到彼此的心跳。可是这时宁双感到毕非索有些烦躁不安，他似乎是找了个借口说鞋带开了，就轻轻地推开了宁双。

当走到犬类区的时候，一只体形勇猛的狗正急不可耐地追赶着另一只体态阿娜的狗，眼看就要追上了，就差那么一点距离了，追的那只狗兴奋得目光如炬，逃的那只狗目光迷离，不知是得意还是哀怨……

宁双实在是不好意思再看下去了，就低下头去并拉了一下毕非索的手说，我们还是走吧。

没想到毕非索坚持盯着那两只狗看下去，同时还十分迷惑不解地嘟囔：再看一会儿吧，真搞不懂，它们到底是在干什么。

宁双听了这话差点儿没背过气去。

她在心里喊道：完了，老天爷啊，我遇上了天下第一呆，看来这堂课再通俗易懂再栩栩如生也是白上了！

罗锦绣听了宁双的叙述，被逗得笑个没完，恨不得在地上打滚。宁双也跟着笑，把眼泪都笑出来了。

两个人好不容易笑完了，开始忧虑起来。

罗锦绣认为从毕非索油画上的女人可以看出他要么是从未真正接触过女人，要么就是压根对女人不感兴趣——画上的裸体女人都是概念化的、符号化的，代表的仅仅是抽象的理念，那种要命的雷同又说明了连这种抽象的理念也并非源于作者自己的体验和认知，而是间接地从书本上得来的。

宁双说，那他为什么还要画女人，还要大谈裸体艺术和人类性意识呢？

罗锦绣说，我也不知道，也许，他认为想做一个艺术家就必须得这样，很多艺术家已经给他做出了榜样。还有，也许，有时候一个人大肆宣扬某种东西，恰恰是因为他想做而永远也做不到，他会把不能实现的具体行为全部转化成闪光的语言和高深的理论，纸上谈兵对于他来说更安全些——其实他对于他所谈论和表达的事物缺乏最起码的感性认识。

宁双把嘴巴张成了“O”型，眼睛睁得圆圆的：你想说他是同性恋或者性无能吧？可是，他还答应和我结婚呢——你是不是还想说，从小受的教育使他像正常人一样思维，在理论上他认为作为这个社会的一员，作为一个正常的男人，到了年龄就应该去找个女人一起完成结婚大业，可是他的生理和心理状况却与他这理论相悖？

两个女人越分析越邪乎了。

这个世界，如今的这个世界，真是太奇妙了，让人百思不得其解的事越来越多。知识就是力量，对世界的探索是永无止境的啊，最后她们都想找出《十万个为什么》来查一查了。

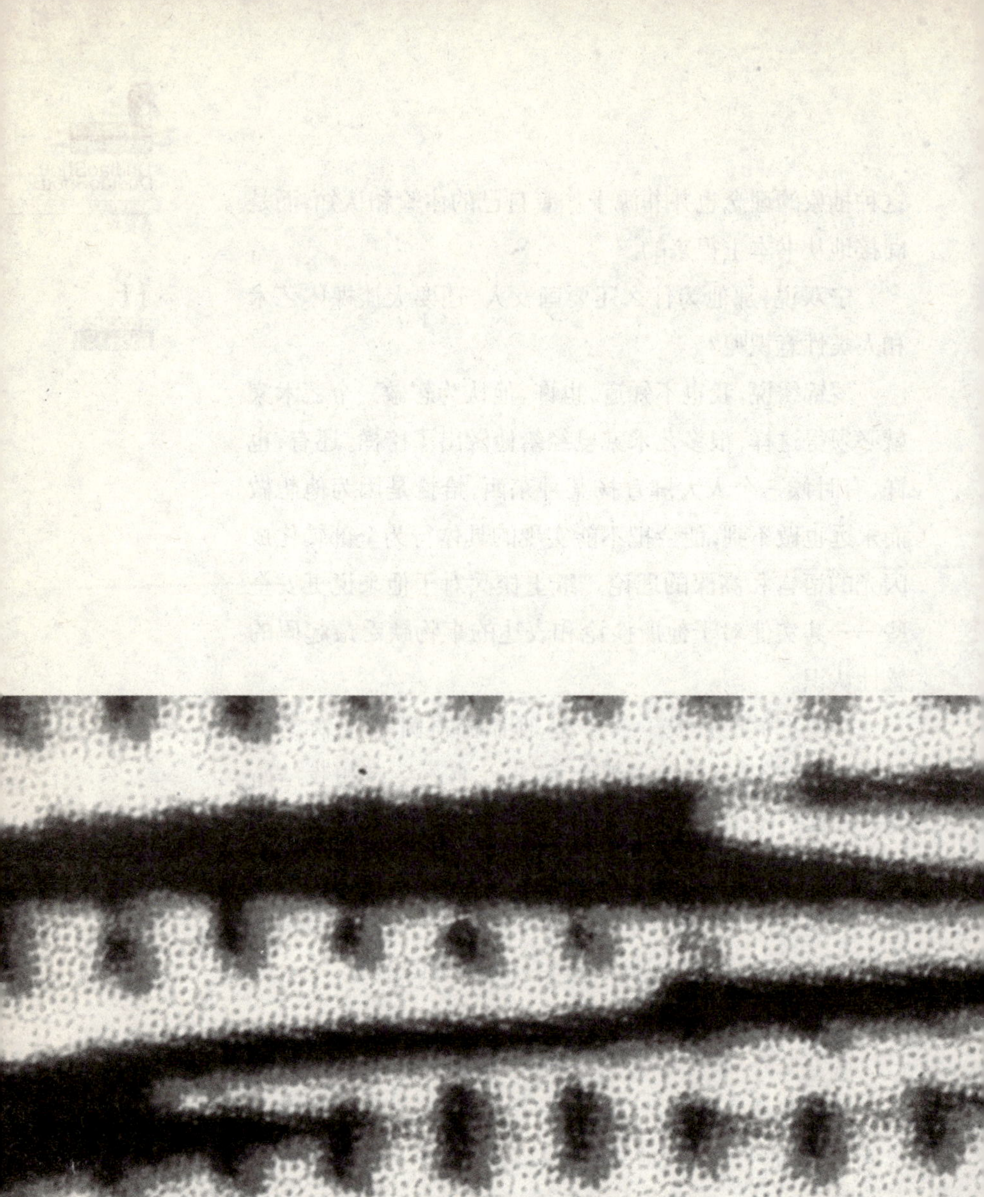

DuJiaoShou

冰樱桃

12

132–133

12

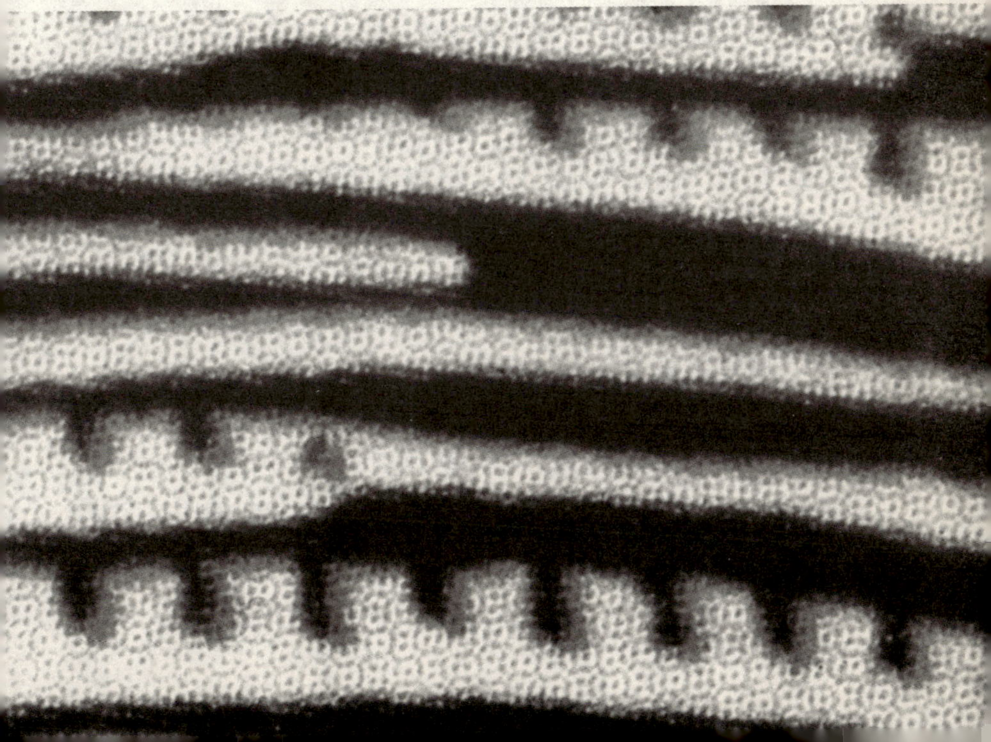

为了专心致志地赶写毕业论文，罗锦绣决定不再看电视。

她从小型卷筒卫生纸上撕下两道长条纸来，把胶水抹在四个角上，分别呈对角线粘贴在了电视机正面，在屏幕上形成了一个大大的“叉”号，然后她又在两道宽宽的白纸条相交的地方，用红笔写了个“封”字，下面标上日期“4月7日”，最后盖上了她的私人印章。

这个把电视机封起来的办法果然奏效，竟足足管了两天半的用处，在这两天半里罗锦绣埋头写论文，差不多写出了整整一个章节。

到了第三天晚上，她实在是忍不住了，就将电视机屏幕上的封条从最下端沾了点水，轻轻地揭开来，撩上去，露出屏幕来，偷偷地看了大半个晚上的电视剧。

看完之后，她又悄悄地将撩到电视顶端的宽白纸条交叉着放下来，在末端重新抹上胶水，粘了上去，把电视屏幕重新封上了，然后心安理得地坐回到电脑桌前，就当什么也没有发生。

进入这最后一学期，让罗锦绣感到谢天谢地的事情是，孔蝶不再像上学期那样天天往罗锦绣这边的宿舍里疯跑了。那原因说出来有点可笑，童金铃和孔蝶为了那个在省委工作的副厅级作家长江刚刚结下了莫名的冤仇，两个美女成了情敌，一见面眉毛就能竖起来，所以谁也不能见谁了。

据说那个长江把曾经写给童金铃的一首情诗又寄给了孔蝶，那首情诗的题目叫《是否把爱说出来》，副标题本来是“致TJL”，寄给孔蝶时又将副标题改成了“致KD”。孔蝶出于虚荣，或者是为了气一气那个罗锦绣至今只知其名而从未谋面的本校物理系教师董力，就把它转给学校校报副刊发表了，那个编辑正好和孔蝶在青年公寓楼上住隔壁。校报在校园里是免费赠送的，派专人分发，夹到每个学生宿舍的门把手上，塞到每个教职工家的防盗门上。当童金铃从大门上拿到那份刊有那首情诗的校报时，差点气疯，拿起电话来，分别打给孔蝶和长江，跳着脚大骂，骂孔蝶是个小贱人，骂长江是个老流氓。罗锦绣当时就在宿舍里，童金铃已经气得顾不得脸面，连自己的房门也没来得及关，罗锦绣正坐在门厅里吃午饭，把事情的来龙去脉听得清清楚楚。

罗锦绣本来是不怎么读校报的，只有碰上穷极无聊了，偶尔才翻翻，也基本上不读上面的副刊。那副刊版的名字叫什么“金鸡唱晓”，源于学校坐落的地方紧挨着的那座山，也就是从前的桑柳河水发源之地金鸡山；上面发的文章大致也都是金鸡唱晓式的风格，不看也罢。

可是听着童金铃为一首诗气成这个样子，罗锦绣的好奇心倒被撩拨起来了，很想看看那首诗。报纸正被童金铃当成罪证拿在手里，她的手在瑟瑟发抖，罗锦绣不想在这个时候去索要报纸，火上浇油。于是悄悄地开了大门，把对门邻居防盗门上塞着还没来得及拿走的那张报纸拿了来，跑到自己的小屋里去，把报纸展开来看。副刊在第四版，很快就找到了，果然有一首诗，它发在左下角一个叫做“校园诗潮”的栏目里，那首叫做《是否把爱说出来》的标明“致KD”的诗并不长，但句句掷地有声，诗里有这样吓人的句子：“爱因封锁而变得巨大/足以击沉一艘航空母舰。”

罗锦绣在自己屋里偷着读诗的同时，还听见对门童金铃仍然在冲着话筒没完没了地大喊大叫。

罗锦绣禁不住笑起来，这有什么呢，不就是一首诗吗，几行汉字，一个有妇之夫自命风流，给除他老婆之外的女人写情诗，一稿多投了，害得那些收到诗的女人们彼此之间因吃醋而吵起架来，都认为那诗是只写给自己的才对头，于是都在伶牙俐齿地捍卫自己的利益，而那个利益真正受到侵犯的女人也就是长江的老婆还没跑出来找这些侵犯别人利益的女人们兴师问罪呢。对于那个才子长江来说，那首诗可以是写给童金铃的，也可以是写给孔蝶的，当然还可以是写给别的什么女人的，这首诗的副标题可以是“致TJL”，也可以是“致KD”，当然还可以是致LW，致HIO，致KNL，致LK，致GF，致FJH，致LDX，等等等等，也难说，说不定他已经将这首诗寄给过不止两个而是很多个女人了，那么那些收到此诗的女人都聚集到一起来打群架吧，为争夺这个风流才子决一死战吧。罗锦绣越想越好笑，她还想像这件事的发展也许应该还有另外一种可能，那就是，收到此诗的女人们联合起来，再去团结上长江的老婆，一起抛弃这个叫长江的男人，哪个女人也不肯要他了，这是最美满的结局。

孔蝶不来打搅，这倒很应了罗锦绣的心意。最后一学期已经没有课可上了，虽然是同学，两个人住的楼又隔路相望，罗锦绣和孔蝶两人见面的次数也还是明显地减少了。再说孔蝶也得忙着写毕业论文吧，不写毕业论文怎么行呢，再懒的人也不能不写，不写或者写不好就毕不了业。还

听说孔蝶在使劲学英语，因为除去研究生身份，她还是这个学校的教职工，最近学校正准备在一定资历的教师里举行一次选拔公派出国人员的外语考试。孔蝶已经报了名，想以访问学者身份去英国的友好院校待上两三年；如果这次真的走成了，也有永远不回来的可能。据说前几次派出去的，回来的人很少，偶有回来的，也绝不是出于爱国，都是在那边实在混不下去的。

有一次两个人都到实验室里去查数据，总算相遇了。

孔蝶告诉罗锦绣，宋媛媛，也就是那个外教汉斯的女朋友，因为毕业分配来得晚，没能分上青年公寓楼的单间，只好住四人一间的大集体宿舍；最近为了清静，宋媛媛从那集体宿舍里搬出来，住到她那里去了；正好她自己住着一间近二十平米的大单间也怪寂寞的，还有，正好还可以趁机向宋媛媛学习一下英语口语。

孔蝶说这些话的时候，眼睛盯着试验室天窗下的一棵红柳树苗，春天的太阳正从头顶上一块倾斜四十五度的大块的窗玻璃上照射下来，把她的脸映得色泽酽酽的。

罗锦绣依旧天天埋头写论文，那论文越写越长，已经超出了原计划要写的字数，罗锦绣给这论文起了个名字叫“裹脚布”，每当她向别人谈起自己的毕业论文时，不再说我的毕业论文如何如何，而是说我的那篇“裹脚布”如何如何。

有一天黄昏，罗锦绣从那篇裹脚布上抬起头来，听到了敲门声。童金铃好像不在家，罗锦绣只好走到门厅里去开门。

庞延宝站在门口。

他没有穿保卫处的制服，而是穿了雪白的衬衫和笔挺的牛仔裤，一双黑皮鞋擦得锃亮，衬衫口袋上还别了一只圆珠笔，头发显然是刚理过的，一股新鲜的化纤味和皮革味、还有肥皂气息扑面而来。

罗锦绣有点惊讶地说，是你呀，找我？

庞延宝点点头，脸一下子就红了。

罗锦绣说，那你有什么事，请进来说吧。

庞延宝摇摇头，脸红得更厉害了，他脸上的红都快把从楼梯天窗映进来的夕阳压倒了。

看到他那副困窘的样子，罗锦绣不愿再难为他，于是带上大门，自己走到楼梯上来。

罗锦绣主动地说，庞延宝，你遇到什么事了吗，我能帮你吗？

庞延宝用一个很英勇的动作从口袋里掏出两张粉红色电影票来，既羞涩又兴奋地说，今天晚上我请你看电影，在新城区的海鸥影剧院，还是武打片呢。

罗锦绣不解地问，为什么晚上要跑出那么远去看电影呢，咱们学校不是每周都放两场电影吗，再说我有电视……

庞延宝打断了她，很有气概地说，那怕什么，不远的，我用自行车载着你去。

罗锦绣轻轻叹息着笑了，她说，我不想去，真是抱歉，你还是去找别人吧。

庞延宝一下子就把头耷拉下去了，雄心壮志受到了打击。他简洁地说，那我走了。然后就飞跑着，头也不回地下楼去了。

罗锦绣愣了一下，追着在后面下了几级楼梯，喊道，庞延宝，谢谢你，真的很感谢。

罗锦绣回到屋子里，突然有种对别人背信弃义的感觉，她觉得那个保卫处的男孩现在一定很伤心。她长时间地发愣，不明白这是怎么回事，回忆并检查她刚才对庞延宝说过的每一个字，全没有什么不妥的地方。当她十分确定自己没有做错什么的时候，才不再去想这件事了。

一个星期以后的又一个黄昏，罗锦绣从实验室回来，看见传达室门口围了一圈人，大概有什么热闹可看。

她凑过去，看见一个干瘪的驼背的老头儿蹲在地上，手里正牵了一根粗麻绳，绳子另一端伸到屋里头去，屋子里有一个背对着人群站立的人，绳子结结实实地在那人身上绑了好几道。罗锦绣认出来那个被绑着的人是庞延宝。

那个老头儿泪水纵横，一遍又一遍地向大家诉说着：这回我就当是牵牛牵羊，也得把他牵回去，别说一千里两千里，就是上万里，我也得把他牵回去。家里攒这几个钱不容易，砸锅卖铁，好歹算是给他说下这么个媳妇，人长得俊，活计做得也好，可这个孽种，他说什么、说什么也不和人家好，嫌弃人家，人家闺女哪孬，还说自己年纪小，才二十，二十还有脸说“才”。他那把差不多大的小伙子谁跟他似的，人家个个都成了亲，有的都给爹妈生下孙子了，我今天一定要把他拴着牵回去，牵不回去他，我就不是他爹！

老头儿说到这里，忽然狠狠地拽了一下那绳子，绳子那边的人倔倔地“哼”了一声，同时反抗着使劲拧了一下身子，还是没把头转过来。

老头儿被儿子的不敬激起了性子，大骂起来：你这个王八羔子，你是想做咱村的王苦瓜是不是？王苦瓜一辈子打光棍，你羡慕他是不是？没人给他做饭，他粮食生吃，老了，别说儿，连个闺女也没有，死到屋里都没人知道。你这个王八羔子，给你找下现成的好亲事你还摆臭架子，我和你妈真是生瞎了你。早知道你这么不孝，还不如当初小时候就掐死你……

老头越说越气，忽然从地上跳起来，弓起身子，向屋里的儿子猛扑过去，人群里刚要有人上去拦，不想老头儿力气用得过猛，忘了看脚底下，竟被门槛的水泥台阶绊了一下，自己一头重重地栽到了地上。

人们一哄而上，去搭救老人。

那屋里的儿子这才回转身来，哭着喊了声"爹——"

庞延宝刚刚转过身来，罗锦绣就匆匆地走了，她觉得这个时候庞延宝肯定不愿意看见她。

这个质朴可爱的小兄弟，才二十岁的男孩，他肯定不知道她已经三十四岁了。他总是远远地看着她，没有能够看到她眼角的皱纹，那细细的皱纹记载着她的婚姻和生育。

第二天早晨下了小雨。

罗锦绣从她那有白绿色野菊印花的纯棉薄被里醒来了，她听到了细细密密的雨声，就起身去推开窗子，带有浓重植物气息的湿润空气立刻漫了进来。

她深深地呼吸着，并抬头向远处望去。

就在这时候她看见在教职工宿舍区和校园区之间的那条两侧种满银杏树的马路上，走着一老一少。她看清楚了，那正是庞延宝和他的老父亲。

他们没有打伞，一起提着行李——用塑料布包裹起来的被褥和塞得鼓鼓囊囊的化肥编织袋子——一步一步地向车站站牌走去。

两个背影，一个那么苍老颓唐，一个那么挺拔年轻，在飘飘的雨里它们却显得同样地孤寂。

罗锦绣看着那个挺拔年轻的背影，以为他也许会回过头来望一望这片绿树掩映的地方，这个他再也不会回来的地方，可是他一点回头的意思也没有，仿佛他对这里从来不曾留恋过。他跟昨天黄昏时候的叛逆模样竟判若两人，他乖乖地走在父亲旁边，偶尔还俯下身去跟矮小的父亲唠叨点什么，那父亲很肯定地点着头。一老一少就这样默契地向前走着，越走越远，终于在罗锦绣的视线里消失了。

只有街道空空，只有银杏树在春雨里淡淡地浅浅地绿着。

DuJiaoShou

冰樱桃

13

142–143

13

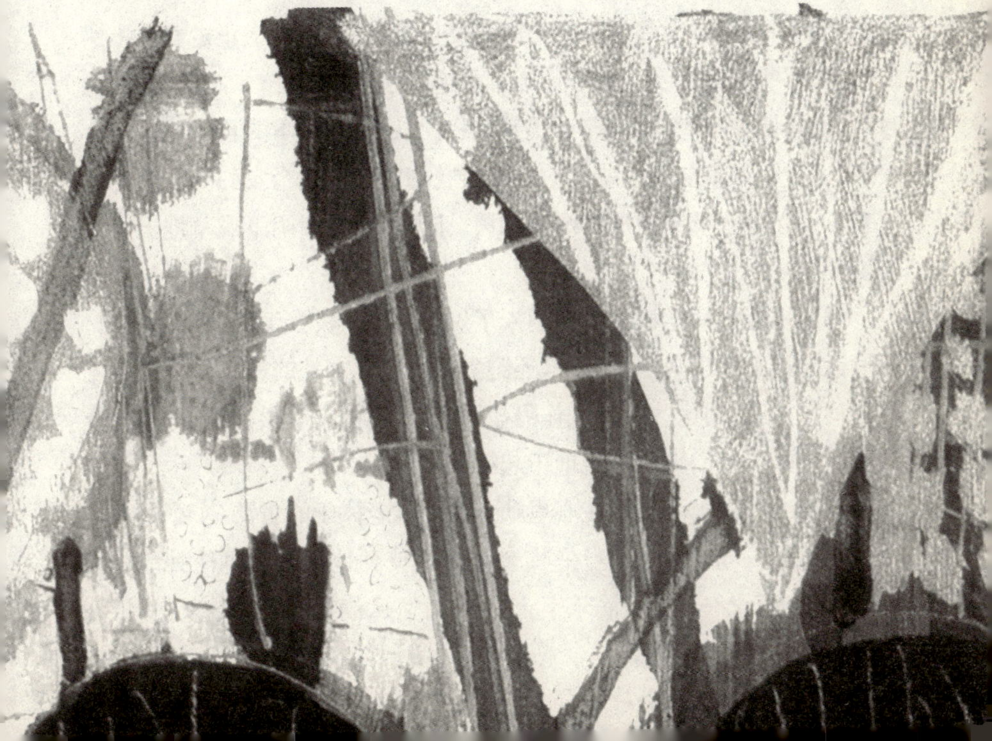

这是一个欣欣向荣的春天，可是生物系桑柳河河道试验田里那些种在模拟盐碱土壤中的植物群落却集体出了问题。它们看上去无精打采，有的叶子开始发黄。

罗锦绣和她的另四位男同学不得不每天扛着农具下田去。

罗锦绣戴着大草帽，穿着平底布鞋，挽着裤角，扛着铁锹和铲子，从桥墩侧面一点一点地往下面的山涧沟壑里走。她看到桥上正走着去上课的学生，那些爱美的女生有的已经早早地穿起了薄裙子，步态优雅，表情时尚，说起话来嗓音莺莺燕燕。跟她们相比，她感到眼下的自己就是一个农妇，一个不得不从土里刨食的健康粗壮的农妇。这个农妇的理想是让所有不毛之地全都绿树成林绿草如茵，让人们跑到树阴下或草地上去谈情说爱。

罗锦绣他们从学校锅炉房运来了炉灰渣，从校办工厂找来了锯末，从附近建筑工地求来了碎石子，还跑到三十里地之外的一个村庄买来麦糠和稻草，准备用这些材料制作隔盐层，铺设在树穴底层，控制地下盐分的迅速上升。他们脚踏实地地干起活来。

罗锦绣一边干活一边在心里默念着那首老掉牙的古诗《锄禾》，她恶狠狠地念一句“锄禾日当午”，就把镢头使劲地举起来再使劲地往地里刨一下；再念一句“汗滴禾下土”，就又这么刨上一下；接着是“谁知盘中餐”,再刨一下;“粒粒皆辛苦”,再刨一下。刨了这么四下以后,就算做完了一个完整程序,像是做完广播体操的一节,她就停顿下来,倚着那镬头站在那里发一会儿呆,用手背擦擦额上的汗。接下来又该着下一轮动作了,依然是背诵着《锄禾》,背一句刨一下。

如果天天在田里暴晒着,就会发现春天的太阳其实并不温和,而是像那种尖尖的小红干辣椒一样非常厉害。

干到第三天上,罗锦绣上火了,鼻子上长出来个红疙瘩,疙瘩中央还有一个白点,这疙瘩不断扩大化,以至于看上去竟像一颗小草莓了,中央那白点正好就是草莓上的种子。最后罗锦绣感到自己的整个鼻子都有变成一颗红草莓的危险了,这颗草莓摸上去热热的软软的,已经熟透了,也许马上就要瓜熟蒂落。她于是跑到校医院去开了一大堆消炎药来吃,她没法再拖下去了,事态如此严重,快要发展到做手术割掉鼻子的地步了,一个人没有鼻子怎么行呢?

罗锦绣轻伤不下火线,照样去试验田里劳作。

他们终于铺好了隔盐层,并用土层把根系与隔盐层分开来,最后是给那些盐碱土壤中的植物开穴透气,还施改碱肥,总之一天到晚地掘土挖坑。

他们干得怨气冲天时,就开始叨叨孔蝶这人倒精明,天天在屋子里享清福,她哪肯来干这老农的活。于是大家就建议罗锦绣去叫孔蝶也来下地。

罗锦绣爬到桥头上去用IC卡往孔蝶宿舍打电话,没想到电话一接通,还没等罗锦绣说什么,孔蝶一听出是谁的声音，就师姐师姐地叫着，开始了她的长篇诉苦。

这次孔蝶说的是宋媛媛。她说宋媛媛这个人真没教养，和那个汉斯当着别人的面就卿卿我我，接吻的声音听起来那么无耻，像大象从泥地里往外拔腿的声音。她又说宋媛媛爱贪小便宜，每次都是等别人炒好了菜，她拎几个馒头来搭伙，自从这个家伙住进去之后，她新开启的一瓶色拉酱不到一星期就吃完了。另外，孔蝶继续说，还有更不能让人容忍的，宋媛媛居然支使她去为她和汉斯干这干那，吃了饭从来都是等着她去洗碗，简直把她当成个仆人了。孔蝶最后说，我真受不了她在汉斯面前那浑身的奴性，拿着一个外国人当宝贝，而对于自己的同胞却颐指气使，简直是丧失国格！罗锦绣说，那是你的宿舍，你可以赶走她呀。孔蝶说，等着瞧吧，快到那一天了。罗锦绣刚要开口劝说她出来下地干活，那边又唠叨上了，又把汉斯臭骂了一顿。她说汉斯在美国不过是个从三流大学里毕业的四流学生，从世界上最发达的国家里来，竟然对计算机的许多基础知识也一知半解，连一年十二个月之中哪是大月哪是小月都分不清楚，他不是个白痴又是什么。

罗锦绣在那边听得很不耐烦。她觉得在这件事上，就算孔蝶说的话是千真万确的，那她也并不值得同情，她如果不答应或者不主动请求，谁也不可能硬闯到她宿舍里去住，明明是她自己引狼入室。

两个人在电话里聊了不下半小时，扣了电话，罗锦绣往桥底下试验田走着的时候，才想起来忘记了说最重要的事，于是又返回去再打电话，可是拨通之后，那边已经没人接了。

有一天午后，罗锦绣正弓着背弯着腰在田里干活，忽然听到有人在大声喊她的名字。她抬起头来，看到宁双正远远地站在桥上，向下俯瞰着。

罗锦绣把手举起来，手心朝下忽闪着，示意宁双下来。

宁双则在桥上手心朝上地做着动作，示意让罗锦绣上去。

这样重复了好几遍，罗锦绣气得低下头去，不再搭理她。

一会儿宁双跑下来了，只见她披头散发，浑身上下湿漉漉的，脚和小腿已经在土里和了泥，成了名副其实的泥腿子。

宁双一来就指着自己的腿脚和罗锦绣算账，你看，你看，都赖你，逼我下来，才弄成这个样子。

罗锦绣说，这怪你自己，洗完澡不擦，就接着往外跑，还穿拖鞋。

宁双一屁股坐在一块大青石上，她说，我心烦意乱，才来找你，想和你聊会儿天。

罗锦绣皱着眉头，哭笑不得地说，现在你看看我，啊你看看我，我哪有工夫去心烦意乱。你听说过哪个农民什么事情也没有就感到心烦意乱的吗，只有贾府里的贵族小姐才会无缘无故地寻愁觅恨。让你顶着大太阳在这田里干上两天粗活，管保你就什么毛病也没有了。

宁双把罗锦绣从田里硬拉出来，对她说，出了点事，我不知道该怎么办。

原来宁双是洗澡才洗了一半，浑身上下都没来得及擦，就水淋淋地胡乱披上衣服跑了出来的。

宁双在自己屋里烧水洗澡，先是洗完了头发，接着又洗身子，刚往身上抹了一遍肥皂，这时响起了冬冬冬的敲门声。她听见毕非索在外面喊，宁双，是我，快开门呀，我一个人快搬不动了，快来帮我。

宁双一边喊着来了来了，一边下意识地找衣服，可身上全是肥皂泡沫，她只好拿起衣服来又放下了。

外面的敲门声越来越急了，宁双说等一等啊再等一等。

可是没想到那门这时自己就开了，大约是从外面顶开来的。原来是暗锁的拉栓没有插好，毕非索抱着个大玻璃鱼缸站在门口，满满的一缸水里养着水草和金鱼。

两个人隔着鱼缸面面相觑了两秒钟，宁双忽然意识到自己是光着身子的。她刚要说对不起，却看见毕非索的双眼像是被一道突然而至的耀眼的白光刺伤了，正承受着剧烈疼痛，瞳孔放大，眼神溃散，紧接着整个人就犹如遭到雷击一样呆在了那里。

宁双说，毕非索你怎么了，你没事吧？

毕非索被宁双的说话声惊醒了，浑身猛烈地哆嗦了一下。与此同时传来一声巨响，鱼缸摔到了地上，玻璃碎片满地，金鱼们在地上活蹦乱跳。它们像此时的宁双一样也光着身子。

毕非索忽然转过身去，抱头鼠窜。

宁双光着身子没法追出去，就从窗子里往下看，并且大声喊他。可是她看到他下了楼跑得极快，恨不得以光速逃离现场，他听不见她的喊声了，他永不回头。

宁双随便把身上的肥皂冲了一下，就穿上衣服出来了。她是不可能追上毕非索的，就只好来找罗锦绣了。

罗锦绣想笑，但没能笑出来。

事情至此已经有些荒诞，她有一种预感，这个毕非索再也不会在宁双面前出现了。

宁双苦恼地说，我把他吓着了，是吧，我不是故意的，我真的不知道门上暗锁的拉栓为什么没有插好，我真的不知道，好像以前还没这样过，这是怎么回事，他是不是把我当成女流氓了？

罗锦绣说，他一定是从前在这方面受过什么严重的刺激，天知道，也许精神分析学家可以解释清楚。

两个人在那沟壑里采了很多野菊，一人抱着一捧往桥上走。

宁双走到桥上，突然把她那捧花往罗锦绣怀里一塞，两眼发直地说，我要走了，现在就走，我要去找毕非索，我一定要找到他。

罗锦绣想劝宁双别找了，找也没用，找到了又能怎么样。

可是她看见宁双的表情那么严肃，就不好多说什么了。

接下来的日子宁双一直通过各种方式寻找毕非索，她去过他供职的画院，画院不坐班，谁也没法说出别的同事的去向。后来她又去他的住处，敲不开门，对门的邻居说他可能刚刚搬走，搬去了哪里又说不上来。她打过他的传呼，刚开始是不回，以后又是欠费停机。

宁双差不多整个春天都在寻人。

这个城市遍种樱花，它们是这个城市最主要的装饰插图。在樱花掩映之中，一个女子在寻找她丢失了的男友。

她走遍了这个海滨城市的每个角落，甚至还坐船去了一趟那个有灯塔的小岛。她的脑子里总是盘旋着过去在大学里诗歌课上讲到的朦胧诗的一个句子“中国，我的钥匙丢了。”如今这句诗正与她茫然的身影和脚步和辙押韵，她恨不得在大街小巷贴满寻人启事；如果有可能的话，她甚至想张贴公安部门那样的通缉令，将车站机场港口统统封锁，对留长头发的男人一律不准放行。在寻找过程中，她一会儿欢欣鼓舞一会儿灰心丧气，时而感到柔情似水时而又感到肝肠寸断。

有一天她走得实在累了，一屁股坐在了一幢欧式小楼前面的台阶上，眼前一棵樱花树开到了极致，正在风里纷纷扬扬像细雨一样地落去，她的眼泪哗哗地流下来。

她到这时才猛然发现，自己竟然已经爱上了这个叫毕非索的男人。

而罗锦绣认为事情已经荒诞得没了边际。

独角兽丛书

DuJiaoShou

冰樱桃

13

150–151

14

罗锦绣打完电话的第二天，在大家的催促下，决定亲自去到青年公寓楼上叫孔蝶。

罗锦绣上楼时迎面碰上了宋媛媛，宋媛媛正扛着铺盖卷下楼，脸涨得通红。她声音尖利，痛心疾首地对罗锦绣说，这辈子从来没有碰到过比孔蝶更不要脸的女人，真的，走了大半个世界都没碰到过比她更不要脸的，简直登峰造极了。她哄我搬到她这里来住原来是醉翁之意不在酒，其意在别人的男朋友身上呢，哼，司马昭之心，司马昭之心。

罗锦绣一下子就猜出了是怎么回事。

其实她早就从孔蝶骂宋媛媛的话里听出了嫉妒，也从她骂汉斯的话里听出了绝望。

孔蝶被叫着去试验田里干活，就不得不去了，她出门时那么不情愿，差不多是被师姐当犯人押着去的。她穿着紫红色呢子的背带长裙，裙子长过脚踝，脚下蹬了一双高跟皮鞋，那鞋子看上去让人觉得该是西方童话里女巫穿的才对，前端像小辣椒那样尖尖的，向上夸张地翘翘着，朝着天，那个尖端里面肯定是盛不下脚趾头的；再说那鞋跟，至少有六厘米高，并且还是由上至下越来越纤细的那种，和地面接触时已经只剩下像图钉圆面那么大小一块面积了，它们踩下去，在路面上的压强很大，往桥下试验田走时，在松软的土上踩出一个个小坑，走得很慢，步子还高高低低歪歪扭扭。在一些陡峭的地方，罗锦绣只好回过头去搀扶她。就这么像红军爬雪山过草地一般地艰难地走啊走，眼看就要到试验田了，孔蝶突然惨叫了一声，扶着一棵小树不动了，面容悲痛，一点一点地坐到了地上，她把脚给崴了。田里的男生闻讯赶来，把泪眼婆娑的小姐孔蝶连背带扛地往校医院里送去。

孔蝶赢了，她终于是没有下地干活，捍卫了一个美女应有的尊严。

孔蝶崴了脚以后，卧床休息了十来天。这十来天里，罗锦绣去看望过她一次。刚一推开门罗锦绣就吓了一跳，她看见那间二十平米的屋子已经不折不扣地变成了一个食物商店或食品仓库，同时闻见一股水果腐烂的气味。孔蝶就深埋在成堆成堆的阿胶蜜枣蛋花酥猕猴桃橘子西瓜火龙果奶油派旺旺雪饼汇源果汁纯牛奶酸奶巧克力膨化虾条果脯烤鱼片里面，身材小小地躺在床上，看上去那么不起眼，她已经成了这间琳琅满目的屋子里最无色无香无味的物品了。

孔蝶用手指在空中划了一个圈圈，向罗锦绣发表她对这满屋子东西的意见：吃是吃不动了，扔也扔不迭，可是还在源源不断地送来，只好堆在这里烂着。这些人怎么就这么没脑子呢，也不考虑我的承受能力。

原来孔蝶崴脚事件发生后，忙坏了杨胜利、百科全书和送花小男孩他们，他们比着赛地买好吃的往她那里送，道高一尺魔高一丈地比着，谁也不肯示弱。孔蝶收下他们的东西，就等于是对他们的恩赐，他们还得感激涕零。孔蝶看到东西实在多得不像话了，有时候就想让他们拎回去，可是又发现已经晚了，收了这个的却不收那个的，那个东西被拒收的人就要吃那个被接收了东西的人的醋。于是孔蝶索性豁出去了，来者不拒，让屋里的东西堆成了山，她想等着这些东西有朝一日发了霉变了质，实在不能在屋里放了，就雇两个民工把他们抬出去扔掉。

罗锦绣觉得孔蝶才是真的女人。

真的如同百科全书那家伙所预料的那样，孔蝶潜意识里压根就没有与他结婚的打算。她与百科全书看上去很像双宿双飞的鸟，但这并不妨碍她同时眼观六路耳听八方。

她的脚刚刚痊愈，就拿了一张晚报在实验室里找到了罗锦绣。她让罗锦绣看头版上的一则倒头条消息，与其说那是一则消息不如说那是一则广告。上面说有一个六十岁的丧偶的来自香港的亿万富翁要到这个海滨城市征婚，有意的女子请带身份证以及其他有效证件在本星期天早上九点钟到东方大厦一楼大厅等候面谈。

孔蝶告诉罗锦绣她决定去试试运气。她说话时，仿佛已出现在眼前的美好前途把她的眼睛照亮了，眼睛里放射出来的幸运之光又把她的脸庞映红了，她的脸庞又使得那简陋的实验室大放异彩。

她让罗锦绣陪着她去，她说罗锦绣这个师姐能给她一种信赖感和踏实感，可以给她在旁边鼓劲。从面相上来看，师姐又是个福相，是个贵人，可以使她有好运气。

罗锦绣开玩笑说，你不怕我陪你去，成为你的竞争对手吗，说不定我也想应征呢。

孔蝶自信地笑笑，没有说话。

她那无可辩驳的表情使罗锦绣觉得她罗锦绣这个人特别不自量力。

到了那天早上，孔蝶盛妆走出校园，她打扮得真是太耀眼了，猛地看上去就像一棵圣诞树。罗锦绣素面朝天地跟在她身边，像左拉小说里的那个陪衬人。从她们身边走过的人都把目光集中到孔蝶身上去了，她像一块磁石吸引了无数细碎的铁末末。

罗锦绣想，我在其中起的作用也是蛮大的呀，我像那天与毕非索宁双一起吃饭一样，穿了最破的衣裳，这次倒不是那件旧夹袄了，而是一件过时的女式小领西装，颜色为深棕，够老气的；而且没有洗脸，头发不像往常那样编成独辫，而是在后脑勺扎成了涮锅炊帚的形状——孔蝶真应该感谢我，她的光芒四射中也有我几分功劳。我像是文学写作中的对比性描写，目的是用以突出孔蝶，这就像祥林嫂的惨死与大年夜极尽奢华的祝福场景，就像路有冻死骨与朱门酒肉臭。

天气不太好，一直阴着，还刮风，空气微寒，出门时已经在零零星星地飘小雨了，使得这春天竟生出了秋末冬初的错觉。孔蝶为了显得美丽轻盈，只穿了一件很薄很薄的纱质七分袖套头上衣和一条只达到膝盖的方格红裙，穿着丝袜的长腿露在外面。她看上去很有一种要跟这天气决一死战的悲壮。

她们到达东方大厦时，看到来应征的人排着长长的队伍，已经从大厅里面延伸到了外面，延伸到了大街上，足足有一列火车那么长，已经严重阻碍了交通，有几个交通警正在忙乎着维持秩序。大概全市的美女都集中到这里来了，争妍斗艳，香气扑鼻，春深似海。年龄更是老中青少四茬，太小的在拼命装大，太大的拼命装小。有的看上去好像是母子，全都装束奇艳，大约是一起来应征的，相中哪个算哪个吧。还有的好像是由丈夫或男朋友陪着来的，那男人大约是想在女方被相中并与那富翁蒂结连理之后，在“苟富贵，无相忘”的原则上，看在旧情的份上，从那亿万财产之中领取百分之几的提成吧。

孔蝶念叨着来晚了来晚了，没想到会有这么多竞争对手，才从中间选一个。她跑到一个窗口去领取要填写的一张什么表格，罗锦绣呢则在那里替她先排着队伍。罗锦绣排在那里是非常显眼的，恰如一只芋头或者毛栗子不小心掉进了百花丛中，倒引起了不少人的侧目和交头接耳。人家把她也当成了来应征的，而且大约还在以为她这个装扮实在够丑的女人是在使用出奇制胜的兵法，故意保持低调，以便在这些人中独树一帜，爆个大冷门，以便用一种别人所不具有的方式压倒群芳呢，好像她在用这种方式表达所有来的这些女人中只有我才是最贤能最具有中国传统女性美德的。她们中有的人望着罗锦绣的目光里甚至都流露出了妒忌，她们肯定都读过那篇关于“灰姑娘”的童话，很可能把罗锦绣当成了那个最不露声色却最终穿上水晶鞋，走到王子身边去的那个女子了。

孔蝶骂骂咧咧地回来了，她说，真不像话，这么啰唆，还要先填表挂号，比看病还麻烦，还要交他妈的手续费，二十元。跟一个糟老头子见面，还要交钱，敢情这大厦是想利用自己这地盘赚外快了！

罗锦绣安慰她，交就交了，你也别生气，你就当这是买张门票，进动物园看猴子吧。

是啊，孔蝶说，谁要谁还不一定呢，这年头，哼。

她蹲下去，将表格放在膝头上填写，那是一张看上去普普通通的表格，孔蝶填写得相当仔细，在“特长”一栏里，她填的是：舞蹈、钢琴、油画、诗歌、书法、围棋、体操，还有电脑。

罗锦绣从来没听说过她还有这么多高雅的特长。

在“家政”一栏里，她写的是擅长做鲁菜、川菜、粤菜，还会织地毯。

罗锦绣不明白，亿万富翁的夫人还需要自己动手干这些活计吗，真是见鬼了。

雨下得细密起来，孔蝶在排队等候的过程中，嗓音开始变沙哑，鼻子变得嗡嗡的，还接连不断地打喷嚏。她一定是冻感冒了。

排了好几个小时，终于要轮到孔蝶了，她赶紧从包里拿出镜子口红粉饼眼影之类，快速补了补妆。

前面刚出来的一个女孩子在说着刚刚见面的过程。说从大厅往走廊里走，在一个侍应生的指引下进入某个豪华套房，先在那房间的门厅里等一下；那侍应生先把你的表格和带照片的证件拿进里屋去让那富翁看过，如果富翁根据那些材料认为有见的必要就见上一面，如果他认为没有见的必要呢，你就不必再进去了，直接退出来就是了。

那女孩看来是被富翁见过的。她继续往下说，那富翁坐在里屋的一只真皮沙发上，而进去的人却没有给准备椅子之类，只好站着。富翁身边茶几上放了两部分表格，一部分是很厚的一大叠，另一部分是极少的一小叠。那叠极少的就是从这第一轮里选出来的，还要预约下次见面，进行第二轮选择的，最终再从那里面挑出惟一的幸运者来。那富翁与来人谈上三五分钟的话，就决定了把你的表格往哪边放了。

这时大家都问那女孩子她的表格放到哪边去了，女孩子很自豪地说，放在那一小叠里了。

人群里发出一阵艳羡的唏嘘。

孔蝶很冷静地说，放到那一小叠里，也不一定就是最后的胜利者啊，说不定在最后就被淘汰下来了呢。

那女孩子听了这不吉利的话，用她的大眼睛在孔蝶脸上狠狠地剐了一下，那气势是恨不得要剐下一块肉来的。

孔蝶临进去时，恳切地对罗锦绣说，为我祈祷吧，最好是念圣经。

罗锦绣看着她的背影往大厅深处去了，便开始在心里念叨起来。不过她不会背圣经，只好在脑子里随便找了一段什么，还真的念了起来，嘀嘀咕咕地念了好半天了，忽然发现她念的竟然是一段毛主席语录，好像是《为人民服务》，还配了若有若无的旋律！

她没有赶上背毛主席语录的时代，也就只会念上这一篇中的那么一小段了。可能是最后一个自然段，记得还是当年刚上大学时，去某部队参加军训，在一个营长那里当做一首革命歌曲学来的："今后我们的队伍里，不管死了谁，不管是炊事员，是战士，只要他是做过一些有益的工作的，我们都要给他送葬，开追悼会。这要成为一个制度。这个方法也要介绍到老百姓那里去。村上的人死了，开个追悼会。用这样的方法，寄托我们的哀思，使整个人民团结起来。"

真是的，怎么用这段关于追悼会的话来为人家孔蝶祈祷呢，但是那时候罗锦绣的脑子里除了这段话再也找不出别的话来了，她认为自己的脑子一定是出毛病了。

孔蝶出来时，罗锦绣一看她的脸，就知道事情不妙。

原来她是被那富翁见了的，但她的表格最终还是被放到那倒霉的一大叠子里面去了，事情不会再有任何希望了。

孔蝶把失败归罪于她在那富翁面前不小心打了两个喷嚏。她说，我使劲忍着，难受得我连说话腔调都变了，可是最后还是没能忍住，都赖今天这该死的天气，让我感冒！

孔蝶不停地咒骂天气。她一生的好前程都葬送在这阴冷的天气上了，她那样子真是恨不得把天空捅出个窟窿来。

她们离开东方大厦，到马路对面去坐公共汽车。

在站牌底下，有一个人向她们询问，那些排队的女人是在抢购什么东西吧？

罗锦绣说，没错，有一个男人在此出售。

自从东方大厦那场港商择偶见面会之后，孔蝶那颗要强的心就一直像气球一样高高地飘着，她相信天上是会掉下馅饼来的。

有一天她拿了一张影碟到罗锦绣那里的电脑上去放，她说她的电脑光驱坏了，放不出来了，她说片子好得不得了，她已经看过八遍了，这是第九遍。

那是一个美国片，名字叫《桃色交易》。

一对相爱的青年结婚了，他们非常贫穷，除了爱情一无所有。有一天女主人公在一个服装店里流连，看上了一件价格不菲的裙子，正当她的脸上带着神往和遗憾的表情准备离去的时候，有一个一直在旁边观察着她并被她的美貌和气质所吸引的人走过来，说要买下来送给她，被她很干脆地拒绝了。但是那个人不凡的风度却深深地印在她的脑子里。后来她和她的丈夫与那个人再次邂逅，原来那个人是一个非常有名的大富豪，他通过经纪人向这对青年夫妇提出了一项很荒唐的建议：如果这个年轻女人愿意和那个富豪过一夜的话，他们将得到一大笔钱，成为百万富翁。女人和女人的丈夫听了都认为受到了奇耻大辱，丈夫还要血气方刚地要去打架。可是这对青年夫妇在当天夜里都失眠了，面对贫贱夫妻百事哀的日子，他们都感到了那一笔钱的巨大的无法回避的诱惑，终于是丈夫先提了出来，让那女人到那富豪那里去一次，就只有一次。后来那个年轻女人就真的去了，那个富豪包了一艘大轮船，准备和她度过这个铁定之约的夜晚。当这女人走了之后，她的丈夫突然后悔了，疯了一般跑去找经纪人撤回所签的契约，但是听说他们已经上船了，就冲向码头，但是已经晚了，船刚刚在暮色里开走，他只有万箭穿心地等待着黎明的到来，等着他的妻子回到他身边。那个年轻女人本来是打算消极地挨过这个夜晚的，只把它做为一桩不动感情的交易，因为她始终认为金钱可以买到一切却不能买到真正的爱情，但是在船上她很不幸地发现自己坠入了情网，爱上了这个年过半百的富豪。当第二天来临时，他们彼此都感到了难分难舍。但他们彼此都决定，遵守契约，从此永不来往。但是当这个女人回到她丈夫身边时，却发现经过这个并不长的夜晚，她的丈夫已经对她充满了敌意，嫉妒使他变得疯狂暴躁，他们的感情在一夜之间变成了废墟，这使得两个人都无比痛苦，他们得到了一大笔钱，变得非常富有了，但是爱情却几乎毁灭了。这个年轻女人在丈夫的挤兑下感情越来越向着那个富豪那一方倾斜，重建她和她丈夫

的爱情大厦的工程如此地艰巨……

孔蝶看第九遍也像看第一遍那么聚精会神，看来她是在这部片子里面找到了她的人生样板。

片子放完了，孔蝶还坐在那里发呆，一副痴心妄想的样子盯着已经变黑了的屏幕。

罗锦绣问她，你是不是受到了很大教育？

她转了一下身子，看着罗锦绣却像没看见一样地说，我要是那个女人就好了……

孔蝶在后来的日子里就开始在生活中寻找这样的机会。她经常翻阅生活类杂志上的鹊桥栏目，还听收音机，给广播电台的“空中红娘”节目打热线电话。她大海捞针似的寻寻觅觅，连逛商店时都心神不定，东张西望，盼着她希望中的那个人突然从天而降。

她嫌自己长得不够高，从报纸上得知一种叫做“速效增高丸”的药物，开始一个疗程一个疗程地吃，并不断地去量身高。她认为美女无论如何身高也应该在一米六二以上，而她还差三厘米。

她还到医院去割了双眼皮，那手术做得不够好，弄得罗锦绣跟她说话时都不敢看她的眼睛了，她的眼皮割成了宽宽的两层，看上去比眼眸的面积还大，周围还带了些差互的小边小角，一眨巴眼就像两道蜈蚣在蠕动。

有一个星期天的晚上十一点半，罗锦绣害头疼，论文没写多少就睡下了，破例没有熬到后半夜，还没睡着呢，突然听到外面有人敲门。童金铃一边埋怨着这么晚了是谁呀，一边就穿过门厅去开了门，原来是杨胜利，来找罗锦绣的。

罗锦绣只好赶紧披衣起床，她不知道他这么晚了还来做什么，但知道肯定跟孔蝶有关。他住在城市的另一端，来一趟很不容易，一定是有急事。

杨胜利神情恍惚，坐下来就说，孔蝶可能要出事了。

罗锦绣屏住呼吸听他讲下去。

原来孔蝶最近刚刚从一个什么电台的一个傻小子主持的热线里结识了一个叫吴景林的画商，孔蝶很快就跟这个画商取得联系并晤面了。这个画商四十岁左右，他说自己已离异，现在独居，想找个红颜知己，并不想结婚；他声称自己有八位数人民币的储蓄存款，并很快就要拥有美利坚合众国的绿卡。孔蝶很快就相信了他，并和他定下一个所谓君子协议：她到他家里去过一夜，然后他付给她十万元人民币。

瞧见罗锦绣做出一副听天方夜谭里的故事的表情，杨胜利说，你不相信吗，这可是孔蝶亲口对我讲的，是大前天中午讲的，她说的就是要在今天晚上去那个画商家里过夜！她还美滋滋地看着我，让我替她打听打听，十万元人民币可不可以用来办出国移民。我当时劝她别去做这样的蠢事，她无论如何也听不进去。再说我其实也没怎么很相信她会真的去干这么一件事。可是今天晚上我给她打了一晚上电话，都没有人接，打了不下一百个传呼，她也不回，我就火急火燎地赶来了。刚才跑到她的住处去，敲门也没人开——看来她是去了，真的真的是去了，壮士一去兮不复返，我劝不住……

罗锦绣说，去就去吧，人各有志，你急死也没有用，她又不是未成年人，又不是精神病患者，不需要有谁来做法律监护人。

可是，可是，杨胜利说，我还忘了告诉你，那个叫吴景林的家伙根本就是个骗子。我今天下午专程到市公安局去了一趟，我有一个很铁的哥们在那里管户籍，我根据孔蝶提供的吴景林的住宅区域范围，从电脑上检索找出了吴景林这个名字。这个城市里一共有五个叫吴景林的，没有一个是符合孔蝶说的那个人的条件的，可见根本就是个骗子。最后我们在电脑上锁定了一个住在孔蝶说的那个居民小区里的一个吴景林，他根本不是什么画商，也不会有这么多存款，他是市无线电一厂的一个下岗工人！我正想告诉孔蝶这个查询结果，可是已经与她联系不上了……

罗锦绣还是觉得是在听天方夜谭。

杨胜利不断地看墙上的石英钟。

他像一只活着就放到油锅里去的蝉蛹，又笨拙又苦闷。

天哪，都十一点半了，他说，可能快要出事了，可能快要出事了，不过也许已经出事了，已经出了。

后来他干脆像个守夜人一样孤独地在沙发上缩起身子来，一句话也不说了，任夜晚一秒一秒地逝去。只是偶尔抬起头来，看看那表，并用手机打打电话。

罗锦绣看他难受成那个样子，实在不好意思赶他走。她自认倒霉，好在自己是黑白颠倒惯了的，今天这么早就睡下，实属例外，没什么，就陪他这么坐下去吧，就当没害头疼，又熬夜写论文了吧。

凌晨两点钟时，杨胜利用手机往孔蝶宿舍里拨打了第N次电话，仍然是打通了却无人接听的声音。

罗锦绣安慰他说，也许她是人在屋里不愿开门，也许是电话线拔下来了，你不用太着急了。

杨胜利说，不可能的，我去时屋里黑着，在门口等了两个小时也没听见屋里有动静；至于电话线拔下来也是不可能的，她那个电话机子我知道的，是老式的那种，电话线是拔不下来的。

他说着说着忽然像个受了委屈的小孩子那样嗡嗡嘤嘤地哭起来。他说，她今晚看来是不会回来的了，晚了，晚了，一切都晚了，肯定已经发生了，已经发生了……

等他哭够了，向罗锦绣告辞时，天都快亮了。

杨胜利临走时，还在嘟囔着，晚了，发生了，晚了……

他具体指的是什么晚了，什么发生了，罗锦绣很明白，又不甚明白。

不就是他喜欢的女人和别的男人上了床吗？这有什么早了晚了的，发生了和没发生又有什么大区别，又有什么大不了的，跟他又有什么关系，反正这世界也不以他的意志为转移，反正这事情也算不上是什么性命攸关的事件，反正这件事情谁也没有权力去管，反正就是想管也管不了。

上午杨胜利打电话到童金铃那里，让童金铃把正在睡觉的罗锦绣叫醒了过去接电话。他告诉罗锦绣，他早晨八点半打电话给孔蝶，她宿舍里还没人接呢，看来真的是一夜未归，看来她真的像她说的那样去做了。最后杨胜利把希望寄托在罗锦绣身上，让罗锦绣去劝说劝说她。这个男人在扣电话时还嘱咐这件事情无论如何要保密，除了当事人，就只有他们俩知道了，作为朋友，他们应该维护孔蝶的名声。

他在电话里的声音听起来像念讣告。

罗锦绣感到无话可说，只是怀着对影响她睡眠的人的无限仇恨把话

筒摔了。罗锦绣摔了电话才想起这是人家童金铃的电话机，于是又充满歉意地对站在旁边的电话机的主人说,我不该拿话筒出气,要是坏了,我负责赔你个新的。

15

五月中旬的一天凌晨，罗锦绣在电脑里给她的那篇长达十五万字的裹脚布标上了最后一个句号。

那一瞬间她突然觉得这个句号意义深远。这是一个真正的句号，它不仅标志着她完成了这篇论文，还标志着她完成了今生所有的论文，以及来世的论文——她再也不想写论文了。

晨曦已经映上了窗帘。这时候海在远处起伏，四周静悄悄的；这时候不远处的山峦在微明的天光里，有墨笔画出来的效果；这时候桑柳河里的草木在深深地呼吸，叶片一点一点地变得明亮起来。这将是一个风和日丽的日子。

罗锦绣关闭电脑，上床就寝。这时她的脑子里浮现出一句话剧台词"太阳出来了，太阳不是我们的，我们要睡了。"

论文写完了，三年学业也该结束了，生命之中的三年就是为了写出这样一篇论文。

罗锦绣写完毕业论文以后，并没有如她自己想像的那样放松和高兴。对于那篇裹脚布，她发现自己连读一遍的兴趣和力气都没有了，她对里面的每个标点每个数据都熟悉，她一看见那些专业术语就想呕吐。她也不想去实验室了，她觉得那里面有股子有机肥味，在那里待久了，自己身上也变得难闻。这哪里是一个女人身上应该有的味道呀，日久天长，

它竟由里向外散发，就是洒上童金铃那种美国香水恐怕也是遮不住的。

她不明白，逆境种植，这个曾经寄托着她的梦想的专业和课题怎么会在完成毕业论文之后竟突然一下子变得面目可憎起来了？

她感到自己整个的人都干枯了。她觉得自己写论文写成祥林嫂了，眼睛珠子间或一轮，表示她还是个活物，身上的养分大概都被那篇又臭又长的论文给吸收去了，那里面每一个句子都是一条贪婪的根须，曾经深深扎在自己的血肉里。她像患了产后抑郁症一样，成天烦闷不堪起来，她不愿见人，不愿说话，还有一种被世界遗弃了的感觉。

为了哄着自己高兴起来，她在心里对自己说："你应该高兴，你马上就要拿到博士学位了，你马上就是Doctor了。"

她这样对自己说了一遍又一遍，还是不能让自己高兴起来。

后来她强迫自己振作，去街上买回不少花布，分别做成床单窗帘和桌布，重新把那间小小宿舍布置一番，弄得像热带雨林。她想让自己的心情能够像这些花布一样绚丽。她还去剪短并拉直了头发，让自己这个人看上去删繁就简。可是她这样子只能使自己高兴上那么一小会儿，很快又郁郁寡欢了。

晚上她常常做梦，醒来就害头疼，最后弄得睡觉比不睡觉还要累。她梦见屋梁上搭着一条又一条的蛇，还梦见过镶着茶色玻璃的电梯在上上下下。

宁双帮她找了一本释梦的书来翻看，据那上面分析，蛇表示性诱惑，而电梯上上下下很明显是指代性交。

罗锦绣笑了，她建议宁双去摆个小地摊专管帮人释梦。这个小摊要是摆到尼姑庵门口，根据压抑什么就要找渠道释放什么的原理，那么尼姑们的梦连释也不用释了，肯定统统与性有关。

童金铃的丈夫又来了。

那个老徐钟这次没带千层糕，倒是带来了茴香豆。

老徐钟请罗锦绣吃茴香豆，并谈论起自己的最新科研成果。他近来暂时放下了鸳鸯蝴蝶派，转向了红学。在他最新发表的一篇论文里，他仔细考证了《红楼梦》中人物的年龄，并指出薛宝钗的属相是虎，而贾宝玉属兔，林黛玉属龙。

罗锦绣觉得这个徐钟他真是学识渊博呀，他一定还知道此刻正在吃着的这种茴香豆的茴字有几种写法。

徐钟问到罗锦绣的毕业论文，罗锦绣马上说，一点意思也没有，土里土气，写的全是种树种草的事。

徐钟一来探亲，晚上罗锦绣又得去宁双那里避难了。

晚上九点钟，她抱起枕头和一床薄被往门外走。

她刚刚走到门厅里，就听见童金铃在自己房间里对正在洗漱间里用电动剃须刀刮胡子的徐钟酸溜溜地喊“亲爱的，你还磨蹭什么，我想你了！”

罗锦绣吓得急忙逃出门去，下了楼。

在楼下她忽然想起也许还该带上件睡衣，可是她很快否定了这个不切实际的想法。她估计现在自己要是再爬上六层楼去取睡衣的话，一定

会惊动那对欲火如炽的恩爱夫妻，会十分地讨人嫌。在她下楼的这段时间里，他们至少已经拆开了那日本进口避孕套的精致小包装。

这是个旱涝不均的世界，有的女人由于主客观原因不得不干旱着饥渴着，过着清教徒的生活，而有的女人马不停蹄，忙了丈夫忙情人再忙准情人，常年在湿地里泡着糜烂着，需要抗洪救灾。可这是没有办法的事情，谁也没有办法的事情，这又不能南水北调。

令罗锦绣懊恼的是，她在干休所没有找到宁双，敲门敲不开，打传呼也不回，她想不出她会去了哪里。她晚上绝少外出，一般都是在的。

她也许不在本市，传呼收不到，难道是回了外地父母家？宁双近来找毕非索找得都疯疯癫癫了，几近崩溃。一个人长大以后，只有在外面走投无路时才会想起自己的爹妈。

罗锦绣在楼下仰望着那扇黑乎乎的窗子，一直等到十一点。

那干休所的大院要关门了，罗锦绣只好离去。

罗锦绣抱着枕头和被子走在大街上。

这是夜间十一点钟的街道，人迹稀少，路灯把她因拖着枕头和被子而略显臃肿的影子描画在了方砖人行道上。

走着走着就起风了，风越刮越大，像一大匹绸缎在翻腾抖动，海浪在不远处发出压抑的吼声。

这样的时刻在大街上奔走，罗锦绣觉得自己像个流浪者,像个难民,无家可归,身无分文。

她想来想去,自己就是什么也没有呀。有一个坏丈夫,远在非洲,有还不如没有;一个小女儿一个老妈远在东北,一老一小相依为命;自己又漂泊异乡,孤家寡人,这比家破人亡其实也强不了哪儿去。

罗锦绣在教职工宿舍区和校园区之间那条两侧长满银杏树的马路上,做出了要去住实验室的决定。

她已经有一段时间没去实验室了,当她把钥匙插进实验室门上那把三环牌大铁锁的时候,稍稍有那么一点犹豫:那么大一个实验室,黑咕窿咚的,自己一个人敢睡在里面吗?

实验室的门打开了,她赶紧去拉灯绳。在那昏黄的灯光下,那些植物们看上去都不如白天时候那么祥和,竟显得有些张牙舞爪。

透过屋角的一片倾斜四十五度的天窗大玻璃,可以看到外面漆黑凝重的夜空。

她把枕头和被子放到门后的沙发上铺好,把两扇门对齐,插上了门后的插销。

她刚刚躺下去,两扇门就被风唏里咣当地吹开了,房门大开,外面是黑黑的夜,深深的夜。

她把门重新插上,过了一会儿门又自动打开来了,罗锦绣一下子就回想起了迄今为止知道的所有关于鬼的故事。原来那两扇木门松松垮垮,插销小小的,还是最简易的那种,本来就势单力薄,更何况遇上了这么大的风力,它实在是抵抗不住了。她在实验室里转来转去,终于找到一只废弃不用了的鼠标。她用鼠标那长长的柔软的电线把两扇门上的把手上串了起来,绕了好几道,使劲地系了个死扣。门就这样关紧了,为了万无一失,她又搬来一把椅子顶到那门上。

罗锦绣躺下来，却无法入睡。

外面狂风大作，不断有玻璃破碎的声音传来，远远的天边滚过隆隆雷声，紧接着雨就哗哗地下来了。

忽然一道耀眼的闪电把实验室照得雪亮雪亮，那些植物们在那一瞬间看上去无比狰狞，罗锦绣好像还看见了自己那张被闪电映得苍白惊慌得有些发蓝的脸。

在紧跟而来的愤怒的雷声里，她用被子把自己包裹得彻头彻尾严严实实，她在被子底下艰难地呼吸。

天空释放出了再也无法克制的能量，天空变得凶猛和放纵，大地就在这样的天空下面敞开着、承受着。

罗锦绣在这样的夜晚感到孤苦，她强烈地感到自己需要一个伴儿，需要身边躺一个实实在在的大活人。那个人有一个可以让她一头扎进去消除恐惧的宽大的怀抱，同时那个人也可以像此刻的天空一样恣肆，而她就是天空下雷雨中那温柔沉默的大地。

她突然想起来，今天晚上竟然忘记了一项必做的功课，忘了写那个笔画结构里暗含着桃花运的叫“罗瑾秀”的名字了。这真是犯了一个大错误。可是她转念一想，天哪，现在已经是五月末了，她记得很清楚，她是从去年四月开始写那个与自己名字同音异形的名字的。要求每天写一百遍，坚持写上一年，可是现在她已经把这个据说能给她带来爱情的名字写了一年零一个月还多了，她不仅保质保量地按时完成了任务，而且已经超额完成了任务，这个光荣而艰巨的任务。

可是，可是最重要的是，她想要的男人为什么还是没有来到她身边？写了一年多的每天一百遍的好名字看来是白写了。

她的心里突然塞满了轻蔑：什么罗瑾秀，罗瑾秀是谁呀，我不叫罗瑾秀，而叫罗锦绣。锦要有金字旁，绣要有丝字旁，永远都叫罗锦绣，坐不改姓，行不改字，我的论文上署名罗锦绣，文责自负。我喜欢这个名字，就是这个名字里充满诅咒我也喜欢它，就是这个名字注定要把全世界的男人都吓跑，我也喜欢它。

罗锦绣觉得她再改写名字都白搭，与其改写名字，不如直接去动手改写命运，哪怕这命运被改写得一错再错，也比窝在那里浪费纸张去手写那个花哨的、一文不值的不知属于谁的名字要来得痛快。她认识的所有的人都比她好，童金铃和她的老徐钟算得上恩恩爱爱，他们的夫妻感情增加了铁路的负担，增加了日本进口避孕套的销售量，只是他们也许想不到，他们每买一只避孕套差不多就等于为日本军国主义制造了一颗子弹，这颗由卖避孕套的钱造出来的子弹很可能某一天要打到我们同胞的胸腔里去；孔蝶固然可笑，却也活得峥嵘，气象万千，用自己想当然的美貌吓唬男人；宁双虽然现在孤苦伶仃，但前面有各种机遇和可能性在等着她；就是庞延宝也不错，现在他一定在老家和那个漂亮温柔的村姑成了亲，慢慢地他会对她好，会爱她，心疼她，他会成为一个顶天立地的好丈夫，不久就能生出个庞小宝来。

罗锦绣突然觉得自己的生活充满荒谬。

她研究逆境种植，让大地上的荒漠变绿洲，可是作为一个女人，她自己的生命却正在渐渐成为一片大沙漠，沙丘正在向最后的田园步步紧逼。很快她自己就是撒哈拉，就是腾格里，就是古尔班通古特了。她这片国土，谁能来调节一下她的酸碱度呢，谁能来封固她的流沙呢，谁又能为

她增加一点森林覆盖率呢?她不过是想做一个芳草萋萋的女人,就像歌里唱的那样"芳草碧连天",她还想成为一片郁郁葱葱的林海,云雾缭绕,湿气氤氲……

有那么一刹那,罗锦绣的心底升起来一股无名之火。她真想站起来,打开灯,把实验室里的瓶瓶罐罐砸个稀巴烂。她还想把她亲手种下的这样那样的植物连根拔起,让它们统统见鬼去吧。

她再也不想要这种生活了,这是永远不允许出差错的生活。每一天都是这么科学、冷静、客观、公正、唯物、辩证、实事求是,精确到小数点后面第八位,用数据来相思,用化学方程式来调情,用仪器来接吻,通过写论文来做爱,最后孕育出个板着面孔的学位证书来。

罗锦绣禁不住怨气冲天了:我为什么不能去犯犯错误呢,我可是当够了他妈的正人君子了。这永远正确的人生多么乏味,我最好是去犯个滔天大错,然后再找个机会浪子回头,或者干脆就一失足成千古恨好了,也没什么好遗憾的。

罗锦绣躺在那里,想到了那个叫赵良蛙的大西北男人,他对于自己来说那么虚幻,触手可及的只是三箱植物种子和几封充斥着景物描写的来信。她看不见他,听不到他,只有用那很少的实物证实在这世界上那个救过她性命的男人确实存在着。

突然她的脑子里闪现出一个小火花:我要去大西北找他。

这个小火花使罗锦绣兴奋不已。为什么不去找他呢,快三年了为什么直到现在才想起来要去找他呢。对,去找他,见他一面就回来,哪怕今生今世这是最后一次相见了。对一件事物不能总是空想,重要的是去行动,去实践,实践才是检验真理的惟一标准。

现在是五月末,今天是周五,赵良蛙似乎在信里提到过,他每个月的最后一个周六周日都必须要回到他们的地质总局去,总局设在西北著名的H城,记得信封上印着那里的电话号码……

小火花在心里很快就燃成了熊熊大火,罗锦绣反反复复地对自己这么说——

我要去大西北,去找他,我明天就走,坐飞机去。从前我因噎废食,一直不敢坐飞机,神经质地担心发生空难,现在虽然依然害怕,可已经管不了那么多了。我心烦意乱,活得这么不如意,还不如死了算,我不能等了,再也不能等了,我这样活着已经活够了,这样活着就是活上二百年也没什么意思。我要跟我如今的生活决裂,我和它图穷匕见,我讨厌等待,无休无止,温温吞吞,不明不白,自以为是。我要么死要么活,没有第三种答案,我不能半死不活。为什么要等呢,也许哪天就地震了,说不定什么时候就发生世界大战了,还有海啸和火山爆发,还有洪水,泥石流,还有艾滋病,还有瘟疫,还有恐怖主义行动,谁知道呢什么时候人的生命就会戛然而止。全球气温上升,南极洲的拉森B冰架已经塌了,威尔森冰架也快了,十至二十年之内,海平面明显上升,脚下这座海滨城市的面积自然就会缩小,也许如此继续下去,一百年以后或更多年以后这座城市就要从大陆上消失了。什么都是暂时的,人的生命也是,为什么要等呢,等,等,等,难道要坐以待毙吗,难道要等到临死的时候突然发现该做的事情都还没来得及做吗……

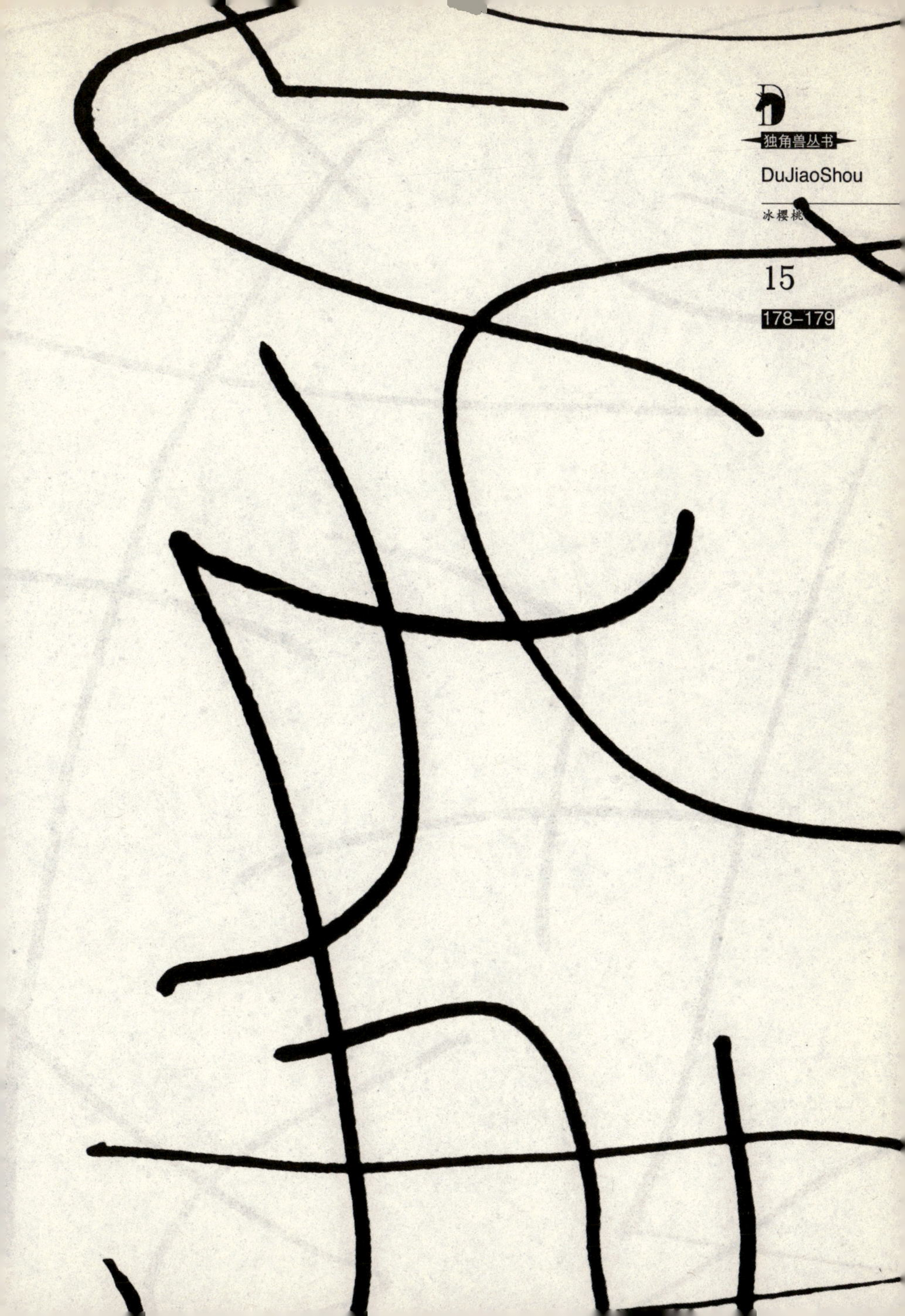

D
独角兽丛书
DuJiaoShou
冰樱桃
15
178-179

独角兽丛书
DuJiaoShou
冰樱桃
16
180–181
16

第二天一大早罗锦绣就根据信封上的电话号码拨通了赵良蛙所在的那个地质总局，然后经过一遍又一遍地问寻和接通分机，终于辗转找到了赵良蛙。

原来那个叫赵良蛙的男人躲在那么一大堆数字后面。

罗锦绣对电话里那个男人说，我想去看你。

她说了这么一个主谓宾结构的简单句，就再也说不出别的话来了。

她听到那边沉默了几秒钟，同样简洁地说，我去接你。

他们的通话就是这样简单，但却字字如铁。

紧接着罗锦绣拨114查到了附近一个航空售票处的号码，打过去查询到今天下午三点钟正好有一班飞往H城的班机，还剩两个座位。

售票小姐在那边催促道，要订就请赶紧。

罗锦绣有点吞吞吐吐地说，必须马上订，是吗，我想想，嗯，那么就要一张吧。

售票小姐听着这边的语气不够坚定，就说，请您想好了，到底要还是不要，如果要，我马上就要把票打印出来了。

罗锦绣说，要吧。

她说的像个肯定句又像个疑问句。

那边说，打印出来，半小时之内我们派人送票，那您就不能不要了，

如果不要,就得退票,要收取手续费的。

罗锦绣说,我决定了,要。

她硬邦邦的语调听上去很像是在鼓励自己,为自己摇旗呐喊助威,这一刻的她有点四肢发虚,心率不齐。原来想去是一回事,真的就要去了却是另一回事。

那边说,请说您的名字,要与身份证上一致。

罗锦绣一往无前地说出了名字,以及具体是哪三个字。

她听到那边温柔地说,您的名字真好听。

这话使罗锦绣情绪放松了不少,她轻轻地笑了笑,同时听到了话筒里在吧嗒吧嗒地敲击键盘,紧接着是针式打印机刺啦刺啦地响。

话筒里传来的机械操作的声音仿佛在公正无私地对罗锦绣说:现在你已经没有退路了。

在赶往飞机场的出租车上,罗锦绣一直身子轻飘。她的脑子里有那么一刹那浮现出了有关校河的传说中那个女孩子林桑柳的影子。罗锦绣曾经躺在宁双的大床上梦见过她,她在罗锦绣的心里是那么具体的一个人,穿着绿罗裙,纤弱细致,楚楚动人,具体到可以几笔在纸上画出来。

罗锦绣像梦游一样来到了机场大厅。

离登机还有一段时间,她坐下来开始吃东西。她的嘴一直不停地在吃,吃完汉堡吃烤鱼片,还吃核桃仁,吃东西这件事情可以使她获得真实感。

电脑屏幕上打出了H城的字样,同时听到广播。

罗锦绣去买机场建设费，换登机牌，检查行李。她其实没有什么行李，只随身背了一个小包包，她真正的行李就是她这个人。

在过安检的时候，马上轮到她了，她突然又节外生枝地想到，也许她还应该自愿买张保险。于是她转身返回，到买保险的窗口买了一张二十元的保险单。

那张绿色的《航空旅客人身意外伤害保险单》上注明保险金额为人民币二十万元整，也就是说万一罗锦绣乘坐的这架飞机不幸坠毁了，她的女儿圆圆可以获得二十万元的赔款。这二十万元正好可以作为圆圆将来的教育费用，可以一直供她念完大学。除此之外，买保险对于罗锦绣来说似乎还有另一层意思，即自己这次鲁莽出行的后果无论有多么坏，也不至于血本无还，就是她这个人灰飞烟灭了，也还能挣上二十万。

风萧萧兮易水寒，壮士一去兮不复返。

买了保险以后，此行在浪漫和冲动的底色上似乎又增添了一抹悲壮。

三十四岁的女人罗锦绣怀揣着一百个发电厂那么多的热情，义无反顾地登上了飞往大西北的飞机。

这是一架只能乘坐四十七人的加拿大小型客机，远看上去有点像一个儿童玩具。刚刚在候机厅的大窗口望见它时，她在心里暗暗有一丝失望，这次出行的革命性和伟大历史意义似乎因此稍稍打了那么一点折扣。在她的想像中，她乘坐的至少应该是一架波音737才对。

好在除去飞机小了，其他一切都让人满意。

这是一个阳光灿烂的下午，天蓝得充满力量和自信，在飞机呼啸着冲向万里晴空的那一刻，她无端地认为这道航线就是为了她的这次远行而开通的。

她知道坐飞机是对的。如果还有比飞机更快的火箭可以乘坐，那就应该坐火箭。因为她的心在飞，那么高远、快速、敏捷。坐火车无论如何是不行的，首先火车速度跟她那飞翔着的心灵速度不合拍，那差不多等于要在一台486硬件配制的电脑上安装Window98软件。其次这次远行带有极大的突发性和盲目性，长时间旅行可以充分给自己留有瞻前顾后和理性分析的余地，夜长梦多，即使坐上了火车还可以后悔并改变主意，中途下车，而坐飞机就不同了，登上飞机，后悔为时已晚，甚至还没有来得及后悔，目的地就已经到了。

罗锦绣透过窗玻璃瞥见飞机的银色左翼在夺目的太阳下反光，那上面有蓝色的"东方航空公司"字样。

罗锦绣想到了黑匣子，据说记录飞机飞行状况的黑匣子就安装在翅膀上，万一飞机失事，救援的人们就会寻找并分析黑匣子。也许在无话不谈的闺中密友之间，彼此都算得上是对方的一只黑匣子了。罗锦绣是宁双的黑匣子，宁双也是罗锦绣的黑匣子，她们彼此交换并替对方保守着隐私。

飞机中途在黄土高原的一个城市降落并停留了二十分钟，在候机室里短暂停留时，罗锦绣萌发出了在IC卡电话上给宁双打汉显传呼的念头。她想告诉宁双自己此刻的去向，万一有个三长两短，自己这个人没了，不能让人们在自己的黑匣子宁双那里都了解不到自己的去向或者查找不出原因来呀。她把电话卡插进了话机，拿起了话筒，当号码拨到一半的时候，她却停止拨号，把话机扣掉了。她又改变了主意，她不想把这次远行告诉宁双了，她想让这次远行成为一个秘密，成为一个完全属于她和赵良蛙两个人的秘密。

千山万水，万水千山，飞机以每小时上千里的速度从东往西丈量着中国的版图。

罗锦绣遥遥地俯瞰大地的时候，忽然觉得她这个卑微的人、这个省吃俭用攒足了盘缠去大西北的人、这个从灰暗的生活里悄悄溜走的人其实多么了不起啊。H城，那是当年文成公主入藏时途经并停留驻足过的地方。文成公主是乘着豪华马车走上西去之路的吧，很多仕女图里都画过她的落雁之姿，都是画她穿着红色厚披风，神情沉着地站在西北野外漠漠天地之间。而自己今天西去是坐了飞机飞去的，省去了迢遥路途上的艰辛，飞机在云层之上飞，看不见大雁，就是看见了，大雁也不会被自己这份打了折的平平相貌吓得落下来。文成公主西去的目的是为了和亲，那么自己呢，我今天西去的目的是什么？一路上罗锦绣在心里就这样不断地问着自己。后来她看见那些大西北特有的寸草不生的黄色山包包了，从空中望下去，它们那么多那么壮观啊。当飞机在空中飞行了三个小时，向着H城的机场徐徐降落的时候，她忽然听见自己在心里回答，我的目的是为了挑起一场温柔的战争。

飞机平安着陆，那二十万元保险金拿不到了。

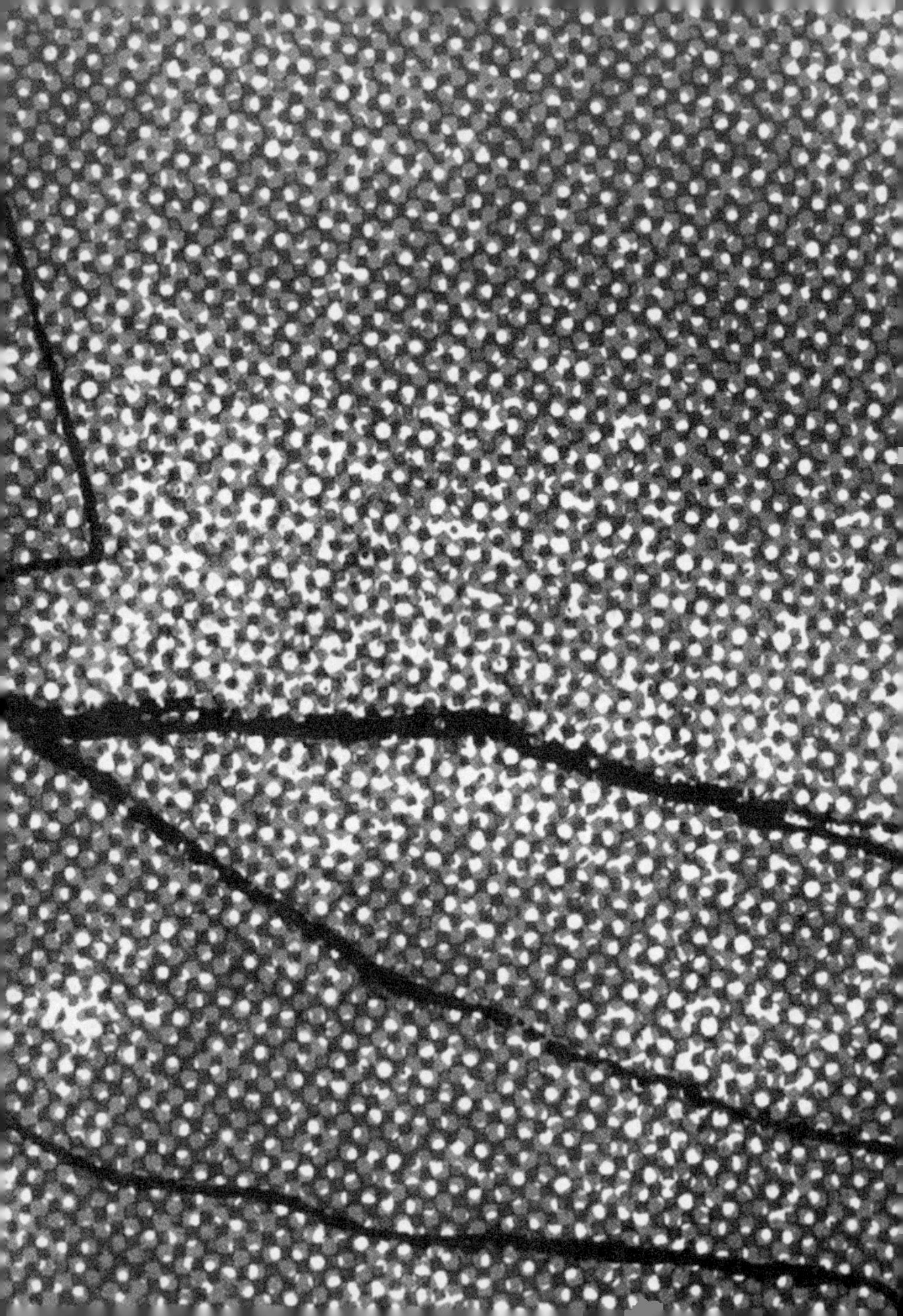

17

罗锦绣下了飞机，双脚踏上大西北的土地，深深地呼吸了一口异地辽阔的气息。

机场的摆渡车把她送到出口，她最后一个从车上下来。

她一边慢慢地挪着步子，一边从包里掏出一只粉红色塑料壳的像玩具一样的电子表看了看时间。她没有带手表的习惯，这表是临来时在学校门口小摊上买的，表盘圆心有一朵小小葵花，一下一下哒哒哒旋转着跳动，每动一下就是一秒。她觉得现在自己的心脏跳得比表上的这朵小小葵花还要快呢。

她走在人群的最后，渐渐地又和那人群拉开了一大段距离，她知道那个男人此时一定站在候机厅里等着她了。

罗锦绣步伐轻飘地穿过已经空了的大厅。大厅的那一端站着一个高大的男人，黄昏橘红的光芒从对面高大的落地窗斜射过来，男人的脸正好处于一道逆光之中。这使得他的脸庞看不明白，大致轮廓竟显得有些巍峨了。

她走近他，走得很近了，才看清那张黝黑闪亮棱角分明的脸，那张让她朝思暮想的脸，上面有一种把她的灵魂一下子攫走的力量。

在由机场开往市区的通勤大客车上，他们并肩坐着。罗锦绣把头扭向窗外，看着外面的风光，她让自己尽量别去看身边那个男人，连眼睛的

余光也别瞥到他，她突然为自己的壮举感到十分地不好意思了。她不看他，但能感到他热热地坐在身边，离她那么近，她只要稍稍一歪身子就能靠到他身上——她多么想靠到他身上去啊，靠到这个她并不了解却深爱着的男人身上去。她不了解他，不了解他的婚姻和家庭，但她一点也不想问他，那些都与她无关，她只知道她爱他，这就足够了，足以让她千里迢迢地飞了来，已经不再需要其他理由了。这时候她忽然有点理解了甘星河和他的那个情人。她此刻扮演的角色和她的那个情敌性质是一样的。是的，她理解他们，只是理解归理解，她还是不想去原谅——就是这样，允许自己放火，却不允许别人放火，点灯也不行。

三年前到西部采集植物种子时，罗锦绣他们曾经坐火车来回途经H城，列车在此停靠八到十分钟，她下车到站台上买过这里出产的白兰瓜和干草杏。那次他们落脚下塌之处全是偏僻的县城和遥远的村落，没有一座大城市，故H城便没有停留过，列车经过时又恰逢夜晚，于是什么景致都没有看到。

如今罗锦绣单枪匹马地来了，她来到了这座大西北著名的城市。它跟地图上一样，南北高山对峙，黄河从东西走向的城中央穿过，上游的黄河水是清的，一座百年铁桥壮烈地屹立在河上，两岸是开放的槐花。

H城马路上的汽车行驶速度很快，一个个都像在仓皇逃窜。罗锦绣走起路来本来就属于横冲直撞型的，所以在这种地方横过马路是很危险的，禁不住晕头转向。赵良蛀不由分说地拉起她的手来，牵着她走。罗锦绣就乖乖地让他牵着，不用动脑筋，甚至不用看路了，她觉得自己是他的一只小狗或者小山羊，跟着主人走南闯北。她真真切切地感到了幸福。幸福这么具体这么简单，就是让一个自己真心喜欢的男人牵着手过马路。可是她转念又一想，幸福对于她其实多么不容易，需要等待漫长的三十四年，然后经过相思的煎熬，最后坐上飞机飞上三个小时，从中国的大东部来到大西部，才能找到它。

赵良蛙在地质总局有一间位于四楼的临时宿舍，是那种老式的住家房子，一个大屋子拖带一个小洗漱间，散发着一股长期无人居住的荒凉气味。大屋子和小洗漱间之间没有门，只有空空的水泥门框，赵良蛙用图钉把一床被单钉到门框上做了临时门帘，他安排罗锦绣睡在大屋子里惟一的大床上，而他则在洗漱间里为自己支起一张铁丝的小行军床。

这样安排妥当了，两个人会心地笑了。

他说，你睡那边，我睡这边。

她说，互不侵犯。

他指着门帘说，这是国界线。

她说，我对你还是不放心，若是你半夜里突然穿门帘而过怎么办？

他说，那你就大喊“救命啊，抓流氓”，顺便狠扇我两个耳光，接着拨打110。

她忍俊不禁，又说，那要是我揭起门帘来，跑到你那边去，那怎么办呢？

他说，那，那我只好投降。

她板起脸来说，做你的美梦去吧。

说完她自己率先笑起来。

赵良蛙看了一会儿窗外，像是自言自语地说，明天要刮沙尘暴了。

罗锦绣问，你怎么知道？

赵良蛙还是面朝窗外，背对着罗锦绣说，这个地区，现在这个时节，春末或者夏初，五月末，还属于沙尘暴的多发季节。昨天和今天都是阳光灿烂，空气透明度很大，天气好得有点异常，经验表明，每当这个时候，就意味着沙尘暴要来了。现在是夜里十一点多，从这里朝对面十几层高楼顶端望去，高空中已经出现了昏黄的迹象。

赵良蛙还是没有回转身来，背对着坐在身后的罗锦绣说，你过来看看，是真的呢。

罗锦绣走到窗前，并肩和赵良蛙站在一起，他们挨得很近，她顺着他的手指的方向看过去，室内光线半明半暗，得以看见外面，一座装饰了灯光的高层楼顶上的那片天空中，涌动过来一大片云雾状的东西。

他声音低低地问，看见了吧？

她用更低的声音说，看见了。

他的声音低得快听不见了，他说，真的来了。

她没有再说话，只轻轻地叹了口气，那叹息是从身体最深处发出来的，身体柔软得已经吐不出清晰的字迹，只有叹息了。她很自然地就倒在他的怀里了，她觉得自己是倒在了整个苍茫的大西北的怀里。

H城第二天果然刮起了沙尘暴。

太阳原本那么明丽地悬在天上，这时候它来了，沙尘暴来了。太阳周围有了晕圈，变得昏黄，看上去成了一只发霉的向日葵，在短短几秒钟内，没有铺垫，没有循序渐进，沙尘暴就这么来了。它挺进这城市，偷袭这城市，以绝对优势控制这城市，这城市手无寸铁，放弃自卫，一下子变得神志不清，太阳进一步变成铁窗内囚徒的脸庞，最后竟完全黑下来，街上的路灯亮了，屋里的灯也打开了。

整整一个沙漠被搅动，被掀起，被抬上天空，然后又从高空一股脑地栽下，倒扣在头顶上。那是横吹过来的固体的风，裹挟着数以吨计的愤怒、忧怨、凄怆、惬意，还有乐极生悲，把这个城市埋藏。

窗前一只白色塑料袋飘起来，高高地、高高地飞翔，一直高过对面十几层建筑的最顶层以及那上面的雷达，又继续朝着天外飞去。

一个活动的沙漠如此壮观，具有强烈的破坏欲，甚至吞噬全世界的雄心。

那个肤色黝黑的男人对罗锦绣说，瞧，这就是沙尘暴。

这个叫赵良蛙的男人在说这话的时刻，他自己就是沙尘暴了，而这个叫罗锦绣的女人就是这城，被肆虐地袭击着的城。

沙尘暴过去了，H城像刚出土的城堡，树叶因蒙尘变成了土黄色，车辆上顶着一层沙土质地的毯子，连那些关闭着的房间的窗台上也积了一层土，其厚度可以在上面种植小麦。

据后来的报道和资料表明，H城及附近地区发生的这场特大沙尘暴，降尘量高达1234万吨，竟相当于省内最大的水泥厂十五年的产量。

许多日子以来罗锦绣以她和赵良蛙那次野外偶遇那一丁点事实为酵母凭着大量空想和虚构在自己脑子里拍摄的那部叫《大西北之恋》的影片，如今显得非常单薄了。

她没有想到在那部影片里拍摄进沙尘暴。

可是还有什么比得上沙尘暴，比它更像他们这场突如其来的性爱的

狂欢呢？它来势凶猛，昏天黑地，一下子回到远古洪荒，在它过去之后，世界一片狼藉，但是那废墟却透露出了坚不可摧的宁静和欣欣向荣。

两个人待在屋里一夜一天没有出门。

积着灰尘的乳白色百叶窗关着，透过它的缝隙可以瞥见被分割成细条状的天空，室内光线黯淡，使得这场相会显得更加私密。从外面传来的街市的喧嚣，像波浪一样忽远忽近，里面掺杂着沙砾般干爽的西北方言，字音里有过多的去声，这小屋像小船一样飘摇在这个西北大都市里，而她和他是这小船里两个相拥而眠的小小孩子，她的皮肤是小麦色的，而他的是浅浅的铜色，她柔软他坚硬，她和他相得益彰，天衣无缝。她挨着他，闻见他身上散发出一股类似青杨树的脉脉的气息，蓬勃、滞重、坚忍，令她心醉神迷，禁不住轻轻地闭上眼睛。她那很久以来的焦虑和不安在那一刻全都消解了，块垒溶化在水里，那首《加勒比蓝》的旋律响彻身体，爱的颜色就应该是加勒比蓝。她在心里哼起那支小歌来："快来爱我吧，我是一朵花；快来爱我吧，我要开放。"

她承认，男人是一种让女人欲罢不能的好东西，是可以治病的名贵药材，抱着一个男人就相当于抱了一棵大人参，专治内分泌失调和情绪紊乱。

罗锦绣觉得这个男人她老早老早以前就认识并且熟悉，真的是从很早很早以前。究竟有多么早呢，这么说吧，她活了三十四岁，她觉得自己已经有三十四年没有见到他了，整整三十四年。也许在三十四年以前，在她来到这个世界上以前，在前一世里，她见过他。

西部的太阳还很高，迟迟不肯偏西，其实看看钟点，天已经不早了，罗锦绣准备离开，她开始收拾她那简单的行李。赵良蛙看着她的动作，突然发现她的指甲有点长，就从腰带上解下一大串钥匙来，找到指甲刀，对罗锦绣说，你看你的指甲，我给你剪剪吧。

赵良蛙剪得很仔细，每剪完一个，就用指甲刀上的小挫磨一磨刚剪出来的边，把剪过的指甲修整得光滑圆润。十个指甲，他一个一个地剪着，半低着头，专心致志，要把每个指甲都修理成工艺品。罗锦绣的指甲向来都是剪得犬牙差互，可以当锐利武器来使用的，如今看上去却那么文静了，都有点不像是她的指甲了，那是一个又一个亮闪闪的小圆贝壳。

走出屋子，外面的光亮有些晃眼，这座西北城市昨天迎来了罗锦绣，今天就要把她送走。她是文成公主，她来找过她的松赞干布。现在那个男人又陪着她坐上了开往机场的大客车，去乘坐返回东部的飞机。

时间一秒一秒地过去，H城在苍茫天空下一点一点地向后退着，大客车驶向城外，行驶在野外公路上。这是荒凉之地，一个人要在这样的地方生存下去，那就需要用足够丰饶和葱茏的内心情感来压倒这荒凉，要在心里大面积地栽种绿树和芳草。

罗锦绣突然感到一阵难过，不能自持，她俯下身去，低下头，抱住了赵良蛙的一只胳膊，把脸紧紧地贴到上面，眼泪涌出来。她觉得自己真不容易啊，飞了这么远，越过大半岛，越过华北平原，越过太行山吕梁山，越过黄土高原，越过六盘山，才来到这个人的身边，可是这么快就要走了。这一走，很可能就一辈子都见不到这个人了，一辈子，岁月多么漫长，从现在一直到死。

飞机向着东部海岸飞去，从西到东，跨过一条条经线。

罗锦绣屈指一算，她在H城一共停留了二十三个小时。

18

罗锦绣从H城回到海滨城市的第二天早晨，就从电视上和报纸上看到了从西北H城飞往东南部的某架飞机中途坠毁的消息。理论上罗锦绣也可以乘这架飞机走的，它的终点虽是东南部一座大都市，但它在K大所在的这座海滨城市要中途停留。这架倒霉的飞机跟罗锦绣返回时乘坐的那次航班是在同一天同一机场起飞的，只是时间上一前一后而已，相距不到一个小时。

这条消息使罗锦绣手脚发凉，死亡曾经与她那么近那么近，几乎是擦肩而过。如果赵良蛙没有提出来给她剪指甲，如果剪指甲的时候没有修理得那么慢条斯理的话，那么她也许就会从赵良蛙那间临时宿舍里早出来那么一会儿，那么她也许就赶上乘坐这架失事的飞机了。赵良蛙多么英明，又救了她一次命。

罗锦绣觉得自己等于白白拣了一条性命，如果她坐前一趟航班走的话，现在已经香消玉殒了，那她就是为爱情死在了路上。同时她又意识到这条拣来的性命其实是那么珍贵，以至于她发誓要用这条拣来的性命去做很多很多让自己快乐的事情，要让自己快乐快乐快乐快乐快乐快乐快乐快乐快快乐乐，快乐是快的，快的就是短的，像从头顶上掠过的鸽子的哨音那样转瞬即逝，所以才需要伸出手去抓住不放，无论如何都要好好活着。她打算等到八十五岁以后——她认为到那时自己活得已经够本

了——再敢坐飞机满世界乱飞，到那时候她要每次买上十张航意保险单，万一飞机坠毁了就能给后代留下巨额赔偿金。到那时候，她觉得到了那时候，她买保险单时的心情没准就像买福利彩票一样。

夏天来了。夏天是一点一点地到来的，这使得这一年的春天在这个暖温季风性气候带的地方显得有些漫长，这是很少见的。往年在春天和夏天之间气温会骤变，似乎在衔接处有一个陡峭的崖，而今年这个崖变成了一个长长的缓坡。罗锦绣在这个长长的缓坡上轰轰烈烈地恋爱了一次，这是她一生中度过的最长的一个春天。

罗锦绣穿着一件纯棉的方格子连衣裙走在校园里，这使得这个初夏也成了一个纯棉的方格子的初夏。她那篇关于“逆境种植”的毕业论文很顺利地通过了答辩，并且获得了很高的评价。答辩那天，她侃侃而谈，思路清晰，一篇充满试验数据的论文竟让她讲解得有了激情。她端庄地坐在那里，裙子上绿白两色的方格格清新悦目，窗外的石榴树上正满满地挂着红红的花朵。这是她学生生涯的最后时光，这最后的时光如此美丽，禁不住使人对它产生了留恋。

孔蝶的毕业论文写得也还不错，只是她似乎对自己的论文不够熟悉，回答提问时总是磕磕绊绊，不过最后也还是通过了。有人在背地里议论说孔蝶的毕业论文其实是找人代写的；还有一个更邪乎的说法是，孔蝶的毕业论文其实是她的导师替她写的。她和导师的关系非同一般，从某种意义上来说，孔蝶才是导师，而她的导师，那个四十出头的男人也许不过是她的学生。

关于孔蝶的故事就这样传来传去，真假难辨，若有若无，似是而非，只要听上去还算符合人物性格，有发生的可能性，大家就舍不得丢了这情节，而是编进这个《孔蝶的故事》里去用以丰富一下主人公形象。就像某件机智的事不管是不是阿凡提做的，人们都愿意把这个故事一股脑地算到阿凡提一个人身上去了，让阿凡提成为聪明人的象征和标本。同理，人们也愿把所有风流事都算到一个像孔蝶这样的女人头上去，让她成为一个集大成者。故事最后经过大众的口头传播和不断润色修改，都快变成小说了，不过这小说是属于集体创作的。

孔蝶如果生活在过去年代，就会被人叫做“破鞋”，不过时代不同了，破鞋在当今社会已成为“有魅力的女人”的同义语。

孔蝶生得逢时。

罗锦绣又一次在心中感叹，孔蝶才是真正的女人啊。

再说宁双，宁双终于不再寻找毕非索了。

那些油画被她扔到了垃圾里。

那油画上的统一型号和统一样式的裸体女人她再也不想继续看下去了。明眸善睐的乳头、展翅欲飞的腋毛，如今看上去不仅怪异诡谲，而且别有用心，摆在宁双那采光效果不太好的屋子里，望上去竟有毛骨悚然之感。

那个活不见人死不见尸的男人长了一张瘦长脸，也许真的有点像余永泽，所以才令宁双这么执著了一阵子，差点忘记了自己那“抛玉引砖”的理论。

宁双大致估算了一下这场恋爱的成本，从物质上来说，她为了取悦这个男人大量地购买新衣服，花去了两千多块钱，相当于写二十篇随笔

挣到的稿费，至少要写上一个半月；从精神上讲，宁双整整一个春天备受煎熬，在外面东跑西颠，皮肤晒黑了不少，心情烦乱导致内分泌失调，在找不到毕非索的时候，曾经用文字来排解苦闷，给这个很可能永远不会再见到的男人写了一封又一封的情书，已经按毕非索工作单位地址寄出去的全都如泥牛入海，还有几封写完了没寄出去的仍放在抽屉里。总之，无论从物质还是从精神来看，这场恋爱的成本都太高了，最重要的是，最终又折了本。

当她下定决心不再对这个毕非索抱有任何幻想的时候，她又恢复了英雄本色。她把后来写给毕非索的那些没来得及寄出去的信从抽屉里拿出来，把左上角的称呼都用修正液盖住了，又在原处写上了大学时代一个至今未婚的男同学的名字，准备寄出去。

那个男同学叫周庄，跟那个著名的江南小镇同名。周庄如今在邻省的一个什么日报社里干校对，为了确保文字正确，抵制惯性阅读，别让错误一不留神就溜过去，周庄总是将文章从末尾倒退着往前面读。他至今未婚的原因据说是自从毕业分配到那家报社就一直上夜班，白天睡大觉，总是没有正常时间去跟任何女人约会，所以婚事就这么耽搁下来了。宁双是近来跟一个大学同宿舍女生通电话时得知周庄的情况的。

宁双自从毕业以后就再也没有见过周庄，但她还记得周庄的模样，细细高高的，像绿豆芽，脑袋有些圆，眼睛在宽边黑框子眼镜后面幽幽地亮着。他看上去像个卡通人。

宁双和周庄在大学里几乎连话都没有讲过，她能记住他完全是因为他几乎每天早上上课都迟到，总是上课五六分钟了，他才风风火火地赶来，手里还抱着一个热腾腾的烤地瓜。他从阶梯教室最前边往最后边走，驼着背，一级一级地上着台阶，那架势仿佛在登山。他总是找到最后边一排最角落里的某个座位坐下来，大概是为了吃起烤地瓜早餐来比较方便。

宁双至此才发现，自己写给毕非索的那些死去活来的情信其实将称呼改成别人的名字寄走也未尝不可，可见自己很当回事的一段爱情经历其实并没多少独创性，完全可以复制和模仿，包括自我重复。

爱情空洞无物。

她把那些将收信人从毕非索改成周庄的信一一塞进信封，并在信封上写了周庄的地址，一共八封，八枚手榴弹，将一起扔进邮筒。

做完这些的时候，宁双觉得这才是自己本来的样子，她重新找回了自我，变得意气风发。

DuJiaoShou

冰樱桃

18

204–205

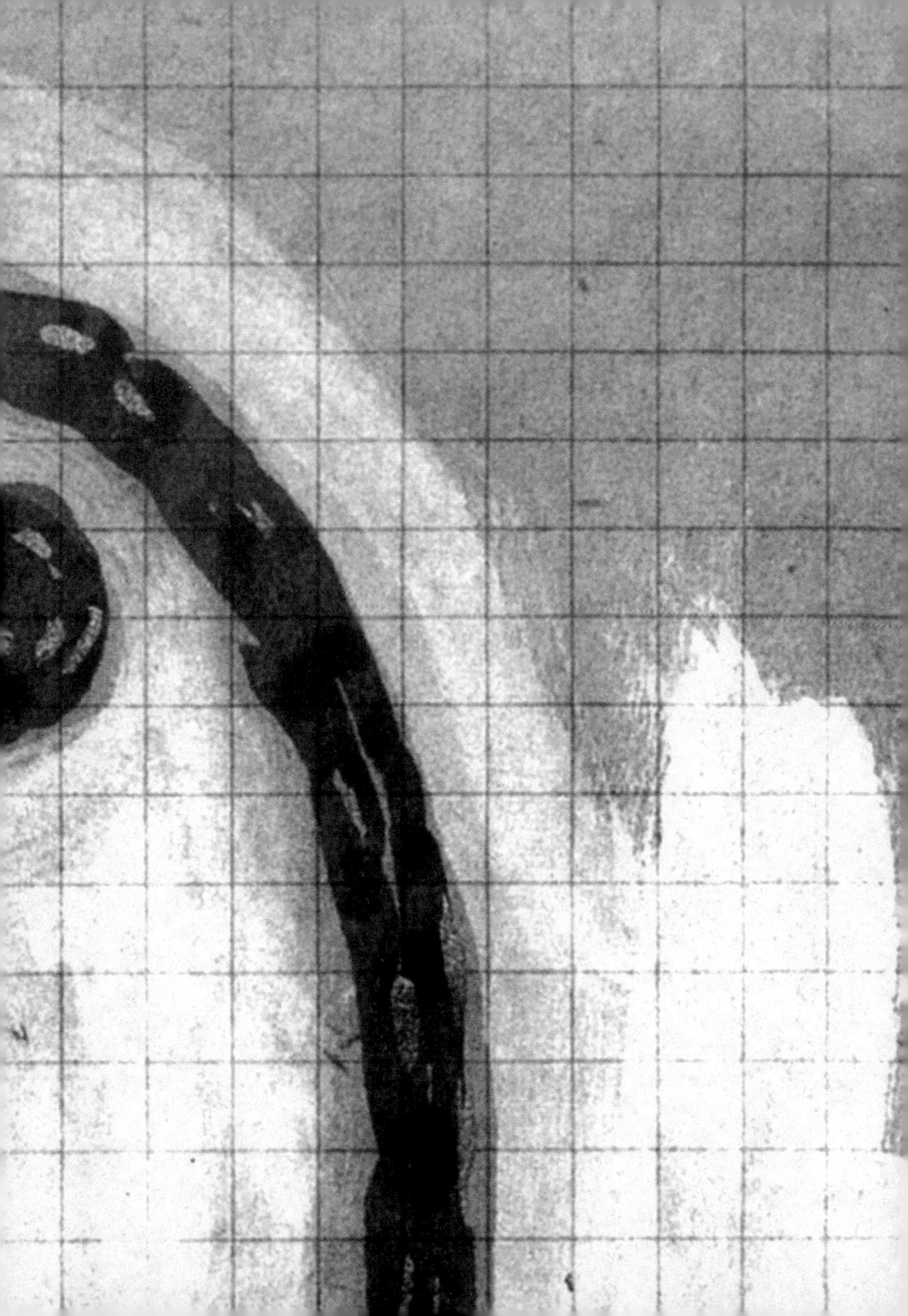

19

日子在一天一天地过去，虽然日子才过去了只有一个多月，罗锦绣对自己的大西北之行竟然渐渐地印象模糊起来。相对于过于漫长的人生岁月来说，他们在一起的时间显得太短了。她虽然清清楚楚地记得并能复述出她和那个叫赵良蛙的男人在一起的二十三个小时里的每一个细节和每一句话，但是它们在脑子里的图像不知何故却朦胧得像水中月镜中花了，还不时会有类似影碟中的那种马赛克出来干扰。

罗锦绣有时候怀疑自己的大西北之行是否只是一场梦，一场暮春时节的梦，现已了无痕迹。

她还保存着飞机票，她动辄就把它们拿出来瞅瞅。她在上面看到自己的名字，看到起止地点上标着这个海滨城市和H城，看到上面的航班号959，她这才能够确认自己是真的是有过那么一趟远行。

这时节樱桃上市了，在教职工宿舍区和校园区之间的那条两旁长满银杏的马路的两旁，常常排着一溜临时摊点。有挎篮子的有推小车的，篮子里或小车上摆着樱桃。有从乡下自家树上摘来的，也有批发来的，有黄色的有红色的有紫色的，亮泽圆润，像一篮子一篮子的珍珠玛瑙水晶，却又有着奶油的柔嫩，一弹就破的模样，十块钱可以买二斤半到三斤。罗锦绣和宁双常常拎着一塑料袋樱桃去见对方。但她们看着这成堆的在呈放射状的纤细枝枝蔓蔓上悬挂着的鲜樱桃反而没有看见蛋糕上鸡尾酒泡沫和冰激凌上那一颗樱桃那么兴奋了,觉得吃起来的味道也一般。有的只甜不酸,甜得那么浮那么浅,太缺乏醇厚的底气,而有的则光酸不甜,酸得那么直露,成了酸溜溜。

她们把那些樱桃满满地盛在盘子里,它们像碎玻璃一样闪闪烁烁,散发出一种冰凌凌的气息。她们宁愿看着它们,而不是吃掉它们。

罗锦绣和宁双都感到奇怪,也许她们更喜欢把樱桃当成装饰物,而不是当成食品。

罗锦绣说,原来樱桃吃着不如看着好。

宁双说,可是大家都还说“樱桃好吃树难栽”呢,我看未必有什么好吃的,这些钱还是买上一大兜子水蜜桃的好。

罗锦绣说,把那句话改成“樱桃好看树难栽”吧。

宁双表示同意,真是中看不中吃。

罗锦绣想:这不就是爱情吗,爱情就是那颗点缀在奶油蛋糕上的樱桃,爱情就是悬在鸡尾酒泡沫上的那颗樱桃,爱情就是沾在冰激凌顶尖上的那颗樱桃,爱情就是在盛着冰治的玻璃杯子边沿上放着的那颗樱桃。当你用刀子切蛋糕吃,用勺子铲冰激凌,或者用吸管品尝酒或饮料时,你完全可以无视那颗樱桃的存在,最终还可以把它扔掉。但是还有那么一类人,她们偏偏就本末倒置了,把那颗好看的樱桃当成了一切,因为那一小颗樱桃而丢掉了最实惠的东西,那在樱桃下面的东西。罗锦绣觉得自己就是为了一颗樱桃而忘了下面的蛋糕或冰激凌的那种傻女人,宁双本质上也属这类人，还有那个传说中的女孩子林桑柳也是这类女人。孔蝶肯定是相反的人，她具有真正的现实主义精神，她绝不会被一小颗美丽的樱桃迷惑得忘了自己真正想要的。她要么对那颗小小樱桃视而不见，直截了当地拿走想要的东西，要么打着想要那颗樱桃的旗号去像饕餮一样冠冕堂皇地吃掉那樱桃下面的东西。童金铃呢，罗锦绣说不准了，她好像介于这两种人之间，她对那一颗好看的樱桃和下面的食物同样喜欢，她是个兼收并蓄的了不起的能成大器的女人。

罗锦绣把她新发现的"樱桃理论"讲给宁双听。宁双听了，觉得跟自己那个"抛玉引砖理论"相比，还不够精辟，同时又觉得很好笑。她认为罗锦绣这个研究逆境种植的博士生在谈到樱桃这种植物或水果时好像不该用这么一副文学或哲学的口气，而应该关注一下在大西北或者沿海滩涂种植樱桃树需要怎样改良土壤、降低成本和增加产量才对。

夏至那天，罗锦绣一个人在屋子里看地球仪，她看北回归线，看它穿过了地球上哪些国家和地区。在这个昼最长夜最短的一天里，她感到百无聊赖。黄昏时分，她决定下楼去溜达溜达。

她几乎是一出楼门就碰上了老徐钟，把她吓了一大跳。老徐钟看来已经站在那里很久了，身上背了个很大的帆布旅行包，浑身上下在汗水里浸泡过，又被风吹干，大约如是者多次，使他现在看上去的样子像一块用线串起来晾在外面的腌萝卜干。他的声音听上去像刚刚挨了打那样一蹶不振。

罗锦绣刚想问他为什么不上楼去，还没开口呢，他倒先说话了。他声音沙哑，上来就说他和童金铃刚刚离婚。

罗锦绣简直不敢相信自己的耳朵。上个月他们这对夫妻不还好好的吗，虽说童金铃有大堆的男朋友，但似乎没有看出她有休夫的意思，要

不，就是老徐钟偶然发现了童金铃的风流韵事？好像这些情况都不太可能吧，瞧瞧他们活得那么努力那么有上进心，他们为了过性生活，一趟一趟地奔跑在千里铁路线上，把钱都捐给了铁道部；他们为了过性生活，排除万难，弄得邻居被迫寄居别处甚至去睡实验室。怎么如此恩爱的夫妻竟然也离婚了，就是连进口避孕套也没能保障得了婚姻的坚固和稳定。

这对于罗锦绣这个旁观者不啻为一个沉重打击。

罗锦绣看着老徐钟发愣，想不明白这是怎么回事。

婚姻原来比她想像的还要脆弱，她对婚姻原本就没什么信仰了；这下子可好，她对于婚姻的最后一点信任感也崩溃了。

老徐钟充满羞愧和悔恨地讲起了离婚的经过。

据说离婚原因是远在宁波的徐钟最近和一个一直未婚的越剧女演员好上了，那女人还是童金铃的一个好朋友呢，真是知人知面不知心哪。徐钟喝了迷魂汤，认为那女人比童金铃漂亮，也比童金铃贤惠，那女人也表达过愿意和徐钟结婚的意思。童金铃最近一次回宁波探亲，发现了这桩婚外情，立即提出离婚，老徐钟竟不假思索地答应了下来，立即去办了协议离婚手续。话说徐钟和童金铃离异后，当天就举着离婚证书像举着喜报一样，胸有成竹地跑去找那越剧女演员谈婚论嫁，不想却惨遭拒绝。这老徐钟没想到都要年过半百了，到头来闹出这等青春期的肤浅笑话，真是无地自容，于是千里迢迢又跑着来向童金铃负荆请罪，不想却被童金铃的新男友轰了出去。

老徐钟被轰出去之后，想见童金铃见不上，电话里一听是他的声音，那边就扣，他觉得自己罪孽深重，没脸直接上门去找了，又不甘心这么离去，于是在这个城市里徘徊了两天两夜。他望着海上的灯塔，恨不得让那灯塔给自己指引一下人生航向。

徐钟站在这里就是为了守株待兔， 看能不能碰上童金铃下楼出来。现在他看见了罗锦绣，就求罗锦绣去当鹊桥，在他和前妻童金铃之间重新做媒，退一万步说，就是看在夫妻旧情面上，看在他是孩子他爹的份上，让两个人见上一面谈谈也行呀。他相信现在只要能见上前妻一面，把心里话谈透了，就能有挽回乾坤的可能，他已经准备好了下跪和磕头。老徐钟说到最后，一把鼻涕一把泪的，很鸳鸯蝴蝶派。

罗锦绣推辞不掉，只好答应试试看。她说，做媒是不可能的，让童金铃答应肯见徐钟一面，也许能行。

罗锦绣退回楼里去找童金铃。在她的印象里，刚才她出来时，童金铃好像是在屋子里的。徐钟答应在教职工宿舍区和校园区之间的那条两旁种满银杏的路上等消息。罗锦绣望着他离去的样子，驼背弯腰，耷拉着脑袋，像个前来自首请求宽大处理的罪犯。

罗锦绣重新上了楼进了大门，准备去敲童金铃的房门。可是这时童金铃那边的房门插销忽然响了一下，门从里面打开了，走出来一个光膀子的高胖的男人。他微微腆着肚子，头顶有点秃，脸庞放光，表情很自满，一看就知道是一个有点权有点钱自以为是的时代弄潮儿，没少搜刮民脂民膏和吃回扣，国家财政出现赤字跟这种人有绝大关系。在罗锦绣的印象里，这个男人她是第一次见，童金铃的那个登记爱慕者的小本本上的“正”字肯定又增加了一道新的笔画。童金铃固然男友众多，但像这样被

带到宿舍里来并且公然表现得这么随随便便的到目前为止似乎还没有,从理论上说只有亲密接触过并且有希望成为正式男主人的才会享受此种级别的待遇,这样的例子罗锦绣是第一次见。他大概就是老徐钟提到的那个把他赶出去的童金铃的新任男朋友了。那个男人从罗锦绣身边走过,看也没看她一眼,就往洗漱间去了,一会儿从洗漱间里传出了小便的声音,声音很大,如雷贯耳。

罗锦绣当即打消了为老徐钟求见童金铃的计划。

罗锦绣不知道怎样去安慰老徐钟,她又下了楼,在教职工宿舍区和校园之间的那条马路上找到徐钟。他正半蹲半站地倚在一棵银杏树上,眼巴巴地望着罗锦绣她们宿舍的窗子,一副随时准备应召的姿态。他看见罗锦绣这么快就朝他走了过来,有些不知所措地迎上去,一边还整整衣装。

罗锦绣不知怎么开口,但又非开口不可,老徐钟望着她的期待的眼神使她不忍心开口说实话,但她又编不出可信的假话来。罗锦绣感到很难过。最后她听见自己说出一些自己也不太懂的空话来:老徐,你回去吧,好好开始新生活,过去的就让它过去了,高兴起来,你要向前看,人这一辈子最终还得靠自己,人谁不是独自来到这世上,还要孤零零地离去,何况你还是个男子汉呢,没有过不去的火焰山,要学会在废墟上重新建起一座大厦来,其实没什么了不起的,真的没有什么了不起,一切都会过去,生活不会停下来的……

老徐钟还没听完罗锦绣的长篇废话，就跄跄踉踉地退后了几步，倚在了银杏树上，然后顺着那树干一点一点地往下出溜，最后一屁股坐到地上去了，捂着脸哇哇大哭起来，那副样子完全像个无助的孩子。罗锦绣平生第一次看见一个中年大男人这么个哭法，看得她心里发毛，吓得差点也跟着哭出来。

孟姜女千里寻夫，而老徐钟是孟姜男千里寻妻；孟姜女哭倒了长城，而老徐钟这个孟姜男要哭倒童金铃住的那幢宿舍楼。

罗锦绣劝他赶快买张火车票回宁波，老徐钟最后总算点点头答应了，然后打开他那只大帆布旅行包找出毛巾来擦那张泪脸；罗锦绣顺便看见了里面装着换洗衣裳和全套洗漱用品，还有饼干和矿泉水，以及各种小药瓶之类，看来他是准备好了要在漫漫请罪之路上备受煎熬吃尽苦头的，最后还要病倒在路上，用那些药品进行自救。

打发走了老徐钟，罗锦绣整整一个晚上都在长吁短叹，她觉得老徐钟挺可怜的，不知他现在坐上火车了没有。他会不会一时想不开，扑嗵一下子跳进海里去呀，那他就是殉情了；他不仅用死亡救赎了自己不小心一度堕落的肉体和灵魂，而且还会一下子上升成为一个爱情烈士；他的死亡会余音袅袅地缠绵在人们的心上，让童金铃在精神上为他终生守丧，从今往后只要她一和别的男人亲热，眼前就会浮现出老徐钟那被海水浸泡得肿大的尸体，还有大睁着的痴呆的眼睛。

晚上十一点左右，这套房子的大门被敲响了。

童金铃站在门厅里朝着大门方向问了一句"谁啊"，外面没有回答，可依然在沉着地敲门。

童金铃又问了一句"谁啊，说话！"，还是没有回答，敲门声固执地响下去。

童金铃对走过来的罗锦绣压低嗓音说，这门不能开。

同时挥着手示意罗锦绣回自己房间里去。

罗锦绣只好退下去了，任敲门声继续响着。

后来大门外响起了怯怯的喊声：“铃铃，铃铃，是我。”

罗锦绣听出来，那是老徐钟的声音。

童金铃仍然不理睬，坐在门厅里悠闲地吃着草莓。

门外的人有点急了，喊声不再那么怯怯的，变得有点直截了当起来：“金铃，我是徐钟。我请你开门，我找你说话。”

童金铃还是不去开门，只是吃草莓的速度有些加快。

敲门声在继续。童金铃索性跑到大门口，用钥匙在里面把暗锁拧了两圈，锁得更严实了。

门外的人等了很久，见还是没人来开门，就有点生气了，不太客气地喊“童金铃，开门。”

童金铃还是毫无反应。

这时敲门声忽然停止了。

过了那么几秒钟，外面却响起了另外一种声音，听上去钝钝的实实的，是软物体主动碰撞在硬物体上发出来的响声，同时墙壁在轻微震荡。这声音持续响着，可以判断，老徐钟痛苦过度，也许正用他的肉拳头往钢筋水泥混凝土的墙上击打，绝望使他自虐。

罗锦绣从自己房间跑了出来，用询问的目光看着童金铃，那自虐的声音让人不忍心再听下去了。

童金铃看着罗锦绣为难的神态，摇了摇头，冷冷地说，这门不能开，我可以告诉你，我们已经离婚了，刚刚办的手续。

罗锦绣装作刚刚听说此消息的样子，把嘴巴张得圆圆的，然后低下头去，无言以对。

那自虐的声音还在响着，丝毫没有罢休的意思，鲜血仿佛在眼前飞溅滴落。忽然童金铃从椅子上毅然决然地站了起来，走到自己房间里去，拿起了电话。罗锦绣听见她在里面说，是学校保卫处吗，我是教职工宿舍区11号楼一单元602，有人在我们的大门口无理取闹，我们不敢开门，也无法休息，请你们速来处理。

大约十分钟后，听到了冬冬冬上楼梯的声音，保卫人员来了，准备把老徐钟带走。保卫人员敲门，说是保卫处的，童金铃这才将里面的门开了一条小缝，露着半个脸，隔着防盗门跟外面说话。两个保卫人员好像指着老徐钟问童金铃认不认识这个男人，童金铃很干脆地摇摇头，说不认识。奇怪的是，外面的老徐钟什么话也没有说，乖乖地跟着保卫人员走了。

罗锦绣趴到自己房间的窗子上往外看去，一会儿就看见两个保卫人员押着老徐钟出了楼门。在路灯下，老徐钟看上去那么土颓，一点也不像个研究鸳鸯蝴蝶派和红楼梦的酸文假醋的文人了，倒很像一个社会闲散人员。

第二天罗锦绣出去时，看见大门外的白石灰墙壁上，有拳头撞击的痕迹，虽然不怎么明显，但还是能够辨别出来，在那些石灰有点脱落的小坑里还有点点红色印痕，想必是血迹了。老徐钟走了，他把他的绝望留在了这面墙上。

一个星期以后，童金铃那里来了一位宁波女客，年龄比童金铃稍微年轻一些，长得很妩媚，像一只狐狸。这位女客和童金铃同吃同住，亲如姐妹情同手足。女客走起路来像在舞台上迈步子，轻轻盈盈，她说话声音

很好听，软软的糯糯的，闲着没事就在屋子里走来走去地唱越剧，不是“天上掉下个林妹妹”，就是“青水河畔祝家庄”，唱腔很地道很专业。罗锦绣听出来了，她的音质音色跟童金铃常听的那盘越剧磁带里的一模一样；女客在这里，童金铃就不播放那盘磁带了，那盘磁带的演唱者该不会就是这位宁波女客吧？

宁波女客在这里住了一阵子，罗锦绣每天免费听越剧。

罗锦绣听见童金铃管那女客叫杨雪霏，她们两个人在屋子里一天到晚说说笑笑。有一天罗锦绣听见童金铃在门厅里说，这是著名越剧演员杨雪霏迄今为止扮演的最成功的角色，远远超过她曾经扮演的林黛玉和祝英台。杨雪霏接着说，要不是为了你，打死我，我也不去扮演这么个角色，这肯定是我从艺以来演过的最痛心疾首的角色。

直到杨雪霏要走的那天，罗锦绣才忽然茅塞顿开。莫非这位就是和徐钟相好的那位越剧女演员？那么，如今童金铃和她的友情为何却像万里长城永不倒？这简直不符合人性的逻辑！除非，除非……这时罗锦绣想到一个很可怕的可能性，那就是除非这位越剧女演员和童金铃本来就是同伙，漂亮贤惠的女演员不过是童金铃派往徐钟那里的奸细；这个奸细不辱使命，使得徐钟红杏出墙，为童金铃最终能够顺利地得以离婚铺设了一条金光大道。那个光着膀子从童金铃屋子里走出来的高大肥胖的小官僚就是童金铃的新男友或曰未婚夫，是早就准备好了的第二梯队……

最毒莫过妇人心啊。

可怜的老徐钟，他一定是读《玉梨魂》和《花月痕》把自己给读呆了，他让那些才子佳人的书给药着了，他中的毒太深太深，他身上的毒性抵得上三头牛身上的毒，以至于连童金铃用的这么明显而拙劣的“美人计”都识破不了。

接下来罗锦绣继续看到那个光膀子的高胖的男人出入童金铃的房间，而且越来越频繁。刚刚由有夫之妇变为单身女子的童金铃热情大方，重新获得了所有权利和自由。有一天晚上竟然把这个男人留宿在那里了，害得罗锦绣用枕巾捂着耳朵睡了一晚上，以免听到墙那边的杀猪般的声音。童金铃这个四十多岁的女人在性欲方面真是厉害得可以，所谓女人三十如狼四十如虎，从童金铃身上看去，信哉斯言！可是想想自己怎么就这么弱呀，三十四岁按说正是从狼走向虎的时候，怎么就没有这么强烈壮大的性欲呢？第二天早晨，那个男人光着膀子穿着拖拉板从那房间里出来，罗锦绣正好也从自己房间里出来，那个男人赶紧快走几步，去和罗锦绣争抢卫生间，并且赢了。迎面相对的那一刹那，罗锦绣看到这个男人的胸部又肥又软，左右两边分别下垂着两块松软的肉堆，看上去竟跟女人一样晃荡着两个乳房。这使得罗锦绣大倒胃口，在食堂吃早餐时，只喝了一点带青菜的稀饭，对任何高蛋白高脂肪的东西都吃不下去，只要看上一眼，心里就起腻。

罗锦绣感到悲观绝望，婚姻是什么，看看身边的例子吧，简直就是天灾人祸。

独角兽丛书

20

孔蝶在那场与“画商”吴景林的桃色交易中最终是否将十万元挣到了手，罗锦绣就无从知晓了。总而言之她在那之后并没有发了大财的迹象。事情最后究竟怎样罗锦绣也懒得去向杨胜利询问。罗锦绣认为自己大多数时候活得像一只性情温吞的蜗牛，从来不刻意去打听别人的私事，虽然她知道像孔蝶这样有上进心的自以为年轻的美女应该是有不少隐私的，一个女人的隐私数量和深度应该与她的美丽程度或者说她自以为的美丽程度成正比。有关孔蝶的一切她都是从她自己或者别人那里听说来的，还有一部分是像漏网之鱼一样被她不小心知道的。罗锦绣倒希望有关孔蝶的事情知道得越少越好，不因为别的，只因为知道了也毫无用处，她既不能拿它们来做实验也不能将它们写到论文里去，它们只能使她变成一个更大的垃圾箱——而她渴望休息，她简直想在自己的房门上挂一个“清静勿扰”的小牌子，最好是像高级宾馆的客房门前带着红红指示灯的那种。

有一天突然传来了孔蝶要被学校公派去英国做访问学者的消息。据说在学校举行的选拔公派出国人员的外语考试中，孔蝶把总分120分的卷子答了118分，考了全校第一名。罗锦绣为孔蝶高兴，有志者事竟成，百二秦关终属楚，她还知道孔蝶这一去就不会回来了。

孔蝶的确对罗锦绣说过，两年期满后，她不会回来。她就是在外面要

饭也不会回来的，让学校尽管把她除名好了；她还说就是英国移民局要遣返她回国，她也不会回来，她要跳飞机。

听人背地里讲，孔蝶这次为了争取到这个公派出国名额，跟学校外事办的某某某主任睡觉，某某某事先把外语考题透露给了她，要不就凭她自己那本事，即使考得好，也是不可能比所有外语专业的人考得还要好的，几乎得了满分呢。还有人说时常看见孔蝶在外事办义务劳动，扫地擦桌子提开水。这些消息大家都只是听说，谁也没有亲见。所有没有亲见的事情就都等于是没有发生的，就是亲眼见了，也不算什么的，人家还可以表明是两人真心相爱呢；再说从床上爬起来，穿戴齐整出了门，就可以不认这笔账了。可以说你出于嫉妒而信口雌黄，污人清白。现在最重要的事实是，孔蝶成功了，其余的都不重要了。

罗锦绣什么也没说，有一点她是知道的，无论什么专业，公派出去的都是外语很好的，这可算做是一个没有标准的标准了。孔蝶的英语水平肯定不差，要不也考不上博士，罗锦绣对她的英语实际水平了解得并不多，只是有一次听见她把woman的复数说成womans，吓得她打了好几个哆嗦。

孔蝶去英国大使馆签证的时候，站在北京绣水东街，望着空中飘扬着的红蓝相间的“米”字形大不列颠及北爱尔兰联合王国国旗，唱了好几遍中华人民共和国国歌。

这是那个大胡子百科全书告诉罗锦绣的。

孔蝶暑假过后就要启程了。她已经在忙着跑银行找熟人兑换货币和打听怎样才能买到打折机票。她要去伦敦，去伦敦大学。她说走之前得找个算命先生算一卦才好，到了那边算命肯定就不方便了，外国即便有算命先生也肯定是从中国盗版了去的，不如咱本国的正宗。罗锦绣听了很感动，到底是炎黄子孙，即将去国远游，终于从她嘴里听到一句说中国在某方面比资本主义国家优越的话。是的，总算是听到了一句。

看到那叠花花绿绿的机票，罗锦绣长长地舒了一口气，确信孔蝶真的要走了，仿佛那机票就是一个她非走不可的保证书似的。她承认她希望她能走，心里头或许还有那么一点儿巴不得。与其大家在一起同归于尽了，还不如疏散开来，兴许能找到条活路。孔蝶这样的女子在中国肯定还有很不少，最好全都送到英国去得了，这样剩下来的人才能安心地建设有中国特色的社会主义。

到了那边先傍个大款，最好是老头儿，垂死的那种，这样你在经济上就有永久保障啦。罗锦绣一边往一只搪瓷大碗里倒咖啡末一边苦口婆心地对孔蝶说。

人家送了罗锦绣一盒咖啡，不是直接冲泡速溶的那种，而是类似在汉斯那里喝的那种哥伦比亚原装咖啡，需要现煮才行。她没有汉斯那样的咖啡壶，只好用一只喝稀饭的搪瓷大碗来代替了，放到煤气炉子上去把咖啡煮沸，煮完之后沉淀上一会儿再倒进茶杯里喝。这么土气的办法被孔蝶这个准外国人笑话个不休，汉斯知道了也会笑话的。汉斯打算上完这学期的最后一节课就回美国，他跟这个学校签订的合同还未到期呢，他就提出来要走，他说他无法容忍中国的厕所。罗锦绣开始讨厌汉斯这个美国佬，他临走了还不忘挫伤一下我们中华民族的自尊心。说我们中国的厕所太脏，厕所本来就是拉屎撒尿的地方，既然与屎和尿沾了边儿，再干净又能干净到哪里去，汉斯这种夜郎自大的家伙还是让他趁早滚蛋吧。

宋媛媛不知为什么没有要跟汉斯一起走的意思，两个人说分手就分手了。两个人分手的具体原因不明，宋媛媛一问三不知，大家只好归结于东西方文化的冲突了。宋媛媛不久前还怀过汉斯的一个孩子，宋媛媛执意要把那个小小的混血儿打掉，很多亲朋好友都劝她，说她打掉这个孩子未免太傻了，她肚子里怀的其实不是一个孩子，而是一张绿卡。宋媛媛一个人去了医院妇产科，交了手术费之后，坐在人流室门口的长椅上静静地等待。这时有一个本校的孕妇正好去那个医院给自己的大肚子做B超检查，看见了宋媛媛坐在那里，孕妇想跟宋媛媛说话，又怕宋媛媛难堪，想装着看不见就这么走过去吧，又实在是不可能了，四目已经相对，不打招呼也晚了，只好硬着头皮跟宋媛媛搭话。宋媛媛大概是在国外呆过又跟一个外国人恋爱过的缘故，她自己一点也没觉得不好意思，落落大方地跟那孕妇闲扯，还关切地询问孕妇肚子里的情况。到最后那孕妇使出浑身气力才鼓足了勇气才敢问宋媛媛在这人流室门口等着是怎么回事，还没等宋媛媛回答，孕妇又自己为对方准备了一个下台阶，她问宋媛媛是来陪同的吧，正在等着里面的什么人出来吧。没想到宋媛媛竟摆出了以视正听的神气说，不，是我自己来做。刚这么说完，人流室的门开了一条缝，露出一个戴着白帽子的脑袋来，喊了一声“宋媛媛——”，宋媛媛立刻站起来，跟那孕妇摆着手说了声再见啦，然后回转身去蹦蹦跳跳地进了那手术室。那样子像是去领奖，倒弄得那个孕妇有些脸红了，似乎她那隆起的肚子里的小孩是见不得人的，倒是人家宋媛媛肚子里的孩子才是光明正大的。

想起汉斯于是罗锦绣对孔蝶又加上一句，你最好还是傍个英籍华人，洋装虽然穿在身我心依然是中国心的那一类。

孔蝶似乎很感激师姐对她的指点，信誓旦旦地说将来在英国立住了脚一定想方设法把罗锦绣也弄出去，罗锦绣也顺水推舟地说苟富贵无相忘啊。在这种时候即使并不想去英国也要装着一副削尖脑袋想去的样子才成，如果表示出对此事不屑一顾，那就等于贬低了对方正面临着的巨大幸福，这就很容易被认为是嫉妒心理在作怪——而孔蝶以前说过女人最喜欢的感觉就是知道别的女人在嫉妒她，所以罗锦绣打算偏不嫉妒她，偏要让她的奢望落空。

孔蝶给一个三年前去了英国据说如今差不多快忘了汉字怎么写的老同学去信询问应带些什么物品，老同学在一封中英文夹杂的回信里说西方的纯棉制品和手工制品还有药物比国内昂贵得多，最好是能多带就多带些来，其余东西可能英国这边更便宜倒是尽量少带的好。于是孔蝶就到校园的超市买了一百双纯棉袜子、五十条纯棉内裤、三十件纯棉T恤、十个纯棉胸罩，还买了十几件草编的帽子茶杯垫和背兜什么的，弄得那家超市不得不关门停业一天去联系进货。孔蝶又拿着公费医疗病历本到校医院去开药，她也知道一下子是开不出足够她在英国吃用上好几年的药物来的，于是就决定分期分批积少成多地完成这个任务。她先是在两天之内八次谎称感冒，开了近二十板感冒通、十几板磺胺药、九瓶西瓜霜、十六盒草珊瑚含片，然后又在一天之内三次假装拉肚子去开了七板PPA，还冒充了几回月经不调去拿了一大堆元胡止痛片，她甚至还想过冒充肚子里长肿瘤把治癌症的药也提前开下。虽然她每次都尽量去不同的诊室并找不同的医生争取不让人记住她，可还是在开达克宁霜剂开到第六管时出了岔子。一个工作态度很认真的中年女医生说你不是前天才开过一次达克宁吗怎么用得这么快，然后一定要让孔蝶脱下鞋子来看看究竟有没有脚癣，这下可把孔蝶难住了，最后结果是被人家狠狠训了一顿赶了出来。孔蝶去得次数太多引起了注意，便怂恿着罗锦绣替她去。罗锦绣去拿了十二趟螺旋霉素，终于在第十三趟被查住了，从此罗锦绣一进诊室，就听见有人说，瞧那个螺旋霉素又来了。

孔蝶很有一副要远行的样子了。她买了三只大箱子，每只箱子都有一口棺材那么大，把她的屋子快给塞满了。

她对罗锦绣很慷慨地说，师姐啊这屋子里剩下来的东西你看中哪件就拿哪件吧，只要有你喜欢的就尽管拿走，看有你丈夫甘星河或女儿圆圆需要的东西拿走也行。

孔蝶常常要在罗锦绣面前提一提甘星河和圆圆这俩人的存在，口气里似乎是要对罗锦绣表示一下怜悯，以她那未婚美女的身份怜悯别人为人妻母的身份。她是一只在天空中自由翱翔的天鹅而罗锦绣不过是一只煮熟了的鸭子。

罗锦绣从书橱上拿下一只脸上长了雀斑的布娃娃打算送给圆圆，其余的她什么都不想要了。这屋子里每件东西背后都藏着一个男人的影子，尼古丁和酒精做的男人，散发出一股浓重的男性荷尔蒙气息，甚至很难说那些东西没有沾染上某种暧昧的液体。

21

这个由长长的春天孕育出来的、热得很迟的夏天一旦热起来，竟热得出奇，几乎能热死人。正在进行复习和期末考试的学生在室内热得待不下去了，干脆带着凉席拿着书本一天到晚地待在桑柳河边或者桥下。

罗锦绣每天清晨一睁眼考虑的就是“是生存还是毁灭”的问题。

这个海滨城市本来以夏季凉爽而著称，现在气温却突破了半个世纪以来的最高气温，达到了四十度，地表温度六十度。那白花花的大太阳已经歇斯底里。

罗锦绣气愤地说，当年后羿射日时真该把十个太阳全部射下来，一个也不留。

宁双认为一个太阳不留也不行，万物生长靠太阳，没有太阳便没有了生命。

于是两个人商量了一下，一致认为，后羿要留下最后一个太阳，但他应该把这最后一个太阳像削苹果一样削去一大半，只留下小小的一块，那样夏天就不会这么热了。

罗锦绣和宁双在这个热得要命的夏天里各自都面临着重大抉择。

宁双在她住着的那个干休所院子里认识了一个从台湾来大陆探亲的老头。

宁双住在一单元三楼西户，老头住在与其相邻的二单元三楼东户，虽然不在同一单元，两个凉台却只隔一道墙壁紧紧挨着。那种老楼都没有封凉台玻璃，两边的人只要把头往外伸出一点去就可以很方便地交流。

宁双每天早晨起来就到凉台上去给一小盆芦荟浇水，那边的老头则站到凉台上去远眺。

时间一长老头儿就主动地和宁双搭上了话，他很喜欢和宁双说话。

有那么几天宁双心情不好，在凉台上又看见那边的老头时表现得不怎么爱说话了，神情看上去似乎也有点抑郁和烦躁，后来她就回外地父母那里去了。

于是紧接着后来的一连好几个早晨老头从自己那边凉台伸出头，都没有看到宁双。

老头着急起来，他返身下楼，出了单元，跑到相邻单元的三楼去敲宁双的房门，却没能敲开，于是他开始莫名地为这个年轻的单身女子担忧起来，以为发生了什么不测。

最后他决定铤而走险。

老头早年当过军人，有那么点功夫，他竟然不顾自己已经七十二岁的高龄，飞檐走壁，从他的凉台直接爬到隔壁凉台上去了。

这个老头儿从没关的凉台门里进了宁双的屋子，看到屋里一个人影也没有，这才放下心来。

可是老头不知怎么回事忽然失去了刚才爬凉台的体能和胆量，他没法从这边凉台爬回到自己凉台那边去了。

于是老头从宁双屋子里找了纸笔，写了好几封求救信，团成小纸团，从这边凉台往那边凉台上扔。那边的亲戚家人见了纸条以后，也想不出什么好办法，只是一日三餐地从凉台上往这边给老头按时送饭，让老头在那边耐心地住着，等宁双回来解救。

宁双又过了两天才回来，拿钥匙开了门，看见屋里藏了个人，禁不住大惊失色，差点儿没有夺门而逃，去报警。待看清楚是邻单元的那个老头，这才稍稍稳住了神。宁双听完了老头的解释，惊奇得好半天没有说出话来。

接下来发生的事情更为奇特。这个老头干脆开始向宁双求婚，他说他丧偶多年，一直洁身自好，专心致力于皮草生意，问宁双愿不愿意和他一起去台湾。

宁双自从把写给毕非索的八封情书改头换面成给一个叫周庄的大学男同学的情书并寄出以后，一直没有收到那人的回音，心里正感到有点气急败坏。她在心里诅咒那个男同学周庄看一辈子校样上一辈子夜班，咒他结不成婚，咒他就是结了婚也生不出孩子来。试想一个男人老上夜班，没时间和老婆过性生活，孩子从哪儿来呀。

现在宁双听到这台湾老头向自己求婚，那种对于周庄的气急败坏不知为何又禁不住转化成了类似于黄继光堵枪眼的那种英勇和无畏了，于是她非常亲切地笑了，竟没有拒绝这个老头，只是嘟囔着，可是你比我整整大了四十岁呀。

没想到老头对年龄差距很不以为然，他言之凿凿：宇宙多么辽阔，星球和星球之间的距离要以光年来计算，你知道光年意味着什么？光的速度每秒约三十万公里，可绕地球两周半，而一光年就是光在一年里所走的距离，想想看，每年有三百六十五天，每天有二十四小时，每小时有六十分，每分有六十秒，那么算算看，一光年约等于多少公里呢，告诉你吧，

十万亿公里！跟这样的距离比起来，我们人类是多么渺小啊，区区四十年的距离算什么，在宇宙的浩瀚无垠面前，这样的距离小到简直可以忽略不计……

面对这个大智大勇的老头儿，宁双一点也没用力气地说：OK。

在罗锦绣看来这个奇怪的世界真是正在一天天地烂下去。人类勇往直前地败坏着自己，臭氧层被破坏，森林被砍伐，汽车尾气大量排放，水土流失，蔬菜农药超标，水果使用催熟剂和细胞分裂素，猪肉注水，海水发生赤潮，口蹄疫和疯牛病流行，卖淫嫖娼，豆腐渣工程屡屡曝光，还有，她的好朋友要嫁给一个比自己大四十岁的老头。

那个七十二岁的老头将用他那枯槁的双手剥开宁双这只豆荚，然后用他历经沧桑的皮肤去接触宁双的细皮嫩肉，就像用砂纸去磨损一块上好的真丝。罗锦绣想到这里，禁不住心里发冷。

罗锦绣对宁双说，你是想为他养老送终，还是想为他殉葬？

宁双说，什么都不是，我只是觉得像我现在这样活着，有点腻了。

宁双笑眯眯的。

罗锦绣觉得那温柔的笑眯眯里有一种坚硬无比的东西，把她的心硌了一下，生疼。

她把老头送她的金戒指拿出来给罗锦绣看。

金戒指闪闪发光，刺痛了罗绵绣的眼，她把目光挪开去，她担心长久地盯着它看下去，会双目失明。

老头儿的近照宁双也拿给罗锦绣看了，那一看就是个不服老的老头儿。那是一张站在八达岭长城上拍摄的全身照，身板很直，穿着方格衬衣牛仔裤运动鞋，背着那种双肩挎的背包，头发大概是染黑的，眉毛很浓，目光炯炯，眼神里有两个惊叹号，仿佛在说“我可不老！！”

罗锦绣觉得那老头看上去确实不像他的实际年龄那么老，兴许还有性能力和生育能力呢，不是听说过和读到过古稀男人让女人怀孕的事吗？可是罗锦绣再看看那照片，又觉得那老头儿金玉其外败絮其中，像一座徒有其堂皇的装修外表而地基已经出现裂痕和歪斜的大楼，随时都有轰然倒塌的可能。

面对宁双那种包含了一个强硬内核的笑眯眯的样子，罗锦绣能对她说什么呢？她无话可说了，她的朋友终于丢弃了那颗好看的小小樱桃，要了蛋糕冰激凌或者别的什么。人家孔蝶是凭着与生俱来的志趣去高高兴兴地这么做的，而宁双不同，她是先让自己的心变成一块石头在胸腔里横过来放置之后才做出这种选择来的。罗锦绣真的不知道该对宁双说什么了，如果非说不可，那她就恨不得对她大喊：去吧，去吧，青春无悔。

离校的日子越来越近了。

现在罗锦绣有三个去向供她选择，第一，去东北老家一所综合性大学任教；第二，去北京中科院工作；第三，去厦门大学读博士后。

罗锦绣知道选择第一条路意味着两个月后就与从非洲回来的甘星河团聚。在她心里，甘星河早就不是她的丈夫了，他爱是谁的是谁的，反正不是她的了；他就是继续用英文给他的老情人写情书，也跟她无关了，他就是用希腊文用埃及文用越南文甚至用古代两河流域的楔形文字给什么女人写情书，那也只是他自己的事情了。当然他是圆圆的爸爸这个事实是永远无法更改的，父以女贵，看在女儿的面上只好暂且留着他，让他尽他该尽的那份做父亲的义务，要休夫那就等到女儿长大成人，等到女儿不再需要他的时候。在罗锦绣的未来规划中是没有丈夫这个人的，她老了的时候，女儿远走高飞，那么她就会是一个孤单的小老太太了；如果遇不上跟自己情投意合的老头，她就养上一只大狗，和一只大狗一起过日子，每天黄昏她要领着它去散步，是的，她宁可跟一只忠诚的狗生活在一起，也不要跟一个背叛自己的男人生活在一起。她要让狗在家里替代丈夫的位置，她要管那狗叫做“我亲爱的狗丈夫”。

罗锦绣否认了第一个去向。

第二个去向也很快地被否认了。因为北京离老家太近，让她和甘星河只隔着一道长城，她在关内，他在关外，一副随时准备翻墙而过，去开战或者和谈的架势，她不喜欢。

最后只剩下第三个去向了，去厦门大学读博士后。去厦门意味着离东北老家越来越远，这样她又可以继续躲避，再躲上三年，又可以整整三年天经地义地不和那个叫甘星河的男人生活在一起，让那桩婚姻在远方静静地溃烂着，眼不见心不烦。

至于读完三年博士后以后再怎么办，现在无需考虑，那就等到三年以后再说了。她已经躲了三年了，还可以再躲上三年，就这样一个三年又一个三年地过去，人生也就快到头了，人生到了头，这婚姻也就自然而然地跟着到头了，无疾而终。

读博士后就得继续研究“逆境种植”，就意味着还要把那些令人作呕的论文写下去，看来自己写完毕业论文之后永不再写论文的美好愿望是实现不了了。在写论文和跟甘星河团聚之间，她宁愿选择写论文，两害相较取其轻，她不得不豁出去了，那就生命不息，写论文不止吧。自己这辈子也许要贡献给这个“逆境种植”的伟大课题了，在自己死了以后，墓地里要种上胡杨、红柳和沙枣树，坟上要栽种甘草或红豆草，墓志铭可以这样写：“她是一棵胡杨，她是一棵红柳，她还是一棵沙枣树，她是一丛红豆草，她是蚕茧黄花，是菘蓝。她生得卑微，死得倔强。她一生都致力于在不可能生存的地方生存。”

罗锦绣把去厦门大学读博士后的决定打电话告诉妈妈时，老太太用绝望而平静的语调说，你去吧，永远别回来了，我这辈子注定没指望了，我知道我要为你牺牲到九十四岁。

罗锦绣一边收拾往厦门托运的行李一边对自己说，博士后，那是为既嫁错了郎又入错了行的人准备的。

DuJiaoShou

冰樱桃

21

236-237

22

秋天的时候，宁双和罗锦绣要分别。

宁双要去台湾了，是真的。

她一步到位，老公、房子、汽车、儿子、儿媳、女儿、女婿、孙子、孙女，一下子全都有了，什么也不缺，她活了三十年，却抵得上一般人在七八十年里取得的成就。她可谓一步登天，从一个未婚女子一下子变成了祖母辈女人，省去了中间漫长的跋涉过程。

宁双扯着嗓子唱很多关于台湾的歌，“我站在海岸上，把祖国的台湾省遥望……”，“阿里山的姑娘美如水呀，阿里山的少年壮如山……”“冬季到台北来看雨……”

她脸上的表情很怡然，一看就知道已经找到了组织。

可罗锦绣仍然觉得那怡然里其实包含着一种无比坚硬的东西，她无法确切地说出那是什么。

宁双去台湾之后当然用不着再卖文为生，写作为稻粱谋，如果她还想写点什么，那只能是为艺术而艺术了。她其实什么都不用做，就可以享受类似于大熊猫的待遇了，她终于不用再嫉妒动物园里的大熊猫了，但她认为无所事事会催人衰老，于是打算替老公照料一下生意。

临走前，她让罗锦绣陪她去郊区的一个佛教圣地，她想在那里请一个财神，带到台湾去，这是她替老公料理生意的第一步。

她们一起去了那个临海的山。山屹立在蓝天碧海之间，海浪拍打着山岩，发出的澎湃之声正好与山顶寺院里的暮鼓晨钟相和，从天到地回响着一种天人合一的节奏。

她们在山下一个小摊上买了一尊中等块头的财神，财神爷金碧辉煌，长相很富态，罗锦绣看到他就想起了童金铃那个新任男友或未婚夫。不过那个男人当然比不上这个财神有教养，财神可没光膀子，而是穿着古代官服；服饰朝代不明，只见他两手把一个大金元宝托在胸前，上有一块小牌，写着“恭喜发财”。

两个人抬着那个花花绿绿的瓷玩意儿吭哧吭哧地往山顶上爬，她们要到山顶的兴国禅寺里找法师给这财神开光。她们有索道不坐，而是一步一个台阶地往上爬，心无旁骛，态度虔诚。

宁双一边走一边强调必须找法师，所谓法师大约就是有高级职称的和尚，至少也该相当于副教授以上，给这个财神找法师开光差不多等于在医院挂专家门诊号。

在宁双的唠唠叨叨里她们爬上了山顶，进了寺院，找到一个胖胖的老法师。

在大雄宝殿里，那个穿黄色袈裟的老法师把那个花花绿绿的财神摆到了大佛雕像前面，然后让宁双去烧香磕头，同时老和尚双手合十，双目微闭，口中念念有词：“逢凶化吉，遇难呈祥，招财进宝，财源滚滚……”等说得差不多了，老法师又走近那尊财神，单独和那尊财神很体己地聊了一会儿，听上去似乎是在小声嘱咐着那尊花花绿绿的瓷玩艺，大约是说了一通你到了人家家里要如何如何严格要求自己之类的勉励的话。这样就开光完毕了。

宁双问法师要多少钱。

法师说，随便。

宁双掏出了五十块钱，老法师拿了。

宁双和罗锦绣又轮流抱着那尊沉重的财神下山去。

宁双说，这尊财神这样一开光，就与大街上什么铺子里什么小摊上随便卖的那些财神有了本质的区别。那些没开光的是不顶用的，它们没有毕业证，而我们这尊财神可是颁发过毕业证书的。

罗锦绣拍着财神爷的脑壳说，你要去宝岛台湾了，祝一路平安。

罗锦绣和宁双走到半山腰，觉得累了，就把那尊财神放到地上，坐在一块大石头上歇息。风掠过层层松林从海面上吹过来，带着海水的咸涩和松脂的苦香，这风吹得不急不慢的，有那么点怅惘。

两个人忽然都为即将到来的离别伤感起来。

宁双的机票已经订好，罗锦绣也已托朋友去买火车卧铺票。两个人就要分开了，曲终人散，再好的时光也会流走，找不到归途。还有，她们要离开这座城市了，在就要离开的时候，她们发现它格外美丽，她们爱它那穿西装的小楼，那散发着蛤蜊味的街道，还有那孤独的灯塔，那袒露欢颜的沙滩……

可是等抱着那尊财神到了山脚下，在海滩上走着的时候，她们又摆脱了伤感。

她们觉得一个在厦门，一个在台湾，其实离得非常非常近，不过是隔了一道窄窄的台湾海峡而已。

“如今啊，乡愁是一湾浅浅的海峡，我在这边，大陆在那边。”

一个在这边，一个在那边。

她们将隔着海峡相望。

她们打算各自买一架高倍数的望远镜，在晴天时就站在海边礁石上朝着对面海岸上看，她们相信一定能看得到对方。

独角兽丛书

这是北京时间2002年10月23日19时23分。

在美国阿拉斯加中部，在北纬63.4度西经148.3度的地方，发生了7.2级地震。

就在这一刻，罗锦绣正拎着简单的行李坐在一辆开往火车站的出租车上，有一辆开往厦门的始发列车已经等在了站台上，发车时间为20点零4分。她曾就读了三年的学校正在身后渐渐远去，笼罩在一片沉沉的暮色之中。出租车拐了个弯驶上了一条地势较高的坡路，从那个视角可以重新眺望到这座正在远去的K大校园，有一条横穿而过的宽宽长长的纵深河谷笼罩在傍晚沉郁的气氛中，那里面的草木正在变得色彩红黄褐紫的，十分斑驳。

这座她就要离开的暖温带沿海城市这一天的平均气温是16℃, 风向西南，风力3到4级，空气质量良好，污染指数为51—61。

罗锦绣透过出租车车窗往外看，在心里向这个美丽的海滨城市告别。她看见：路旁刚刚摆上卖烤地瓜的炉子和今秋收获的新鲜地瓜，标价牌上用笨拙的笔画写着“每斤1元2角”；麦当劳店前灯火辉煌，一个女店员正领着一群小孩在做什么有奖的游戏；一个乞丐坐在人行道上认真地数钱；一辆卡车装载着两棵连根带泥刨出来的大雪松，正小心翼翼地从十字路口铁桥下面通过；晚放学的中学生穿着辨不出性别的蓝色校服神采飞扬地骑在自行车上；一辆无轨电车因故障停在路中央，维修人员正站在高高的自动升降台上整理电车向天空翘起来的那两根细细的“辫子”；中途岛酒吧门前草坪上矮矮的灯已经亮了，有人推开木质的门往里走，那里面有点缀着樱桃的彩虹鸡尾酒——樱桃冰莹晶亮。

就在罗锦绣往火车站赶着的时候，童金铃正在自己的房间里听越剧磁带，同时把切成薄片的黄瓜粘贴到眼睛四周，在心中念叨着让鱼尾纹消失。

宋媛媛在桑柳河边快步走着，裙摆飞扬。

与此同时，罗锦绣的好朋友宁双正在台北华新街中段那陌生的家里吃柚子，桌前放着她准备寄到厦门去的信，信纸上刚刚写了两句半话：罗锦绣你好，我到台北已经三天了，很想你。

孔蝶则正在伦敦的维多利亚火车站附近，蹲在一棵无花果树下，抱着一大厚本英汉辞典在焦急地翻查。她憋了一大泡尿，想向人打听一下附近哪里有厕所，可是偏偏忘了“厕所”一词用英语怎么说怎么写，仿佛记得那个单词是由字母“t”打头的，于是就从包里掏出随身携带的词典来了。那里还是正午呢，本初子午线穿过格林威治天文台原址，那里的时间比北京时间正好晚了八个小时。

2002年7月第一稿

2003年2月第二稿，舜耕路